高橋順子

星のなまえ

白水社

星のなまえ

装幀＝唐仁原教久
デザイン＝藤井紗和（ＨＢスタジオ）

目次

I

流れ星・死の光

一九九八年十一月の或る日の未明、東京の大塚がんセンターの屋上に数人の入院患者が集まり、空を見上げていた。しし座流星群の大流星雨を見るためである。その中に食道癌を病んだ私の編集者時代の先輩がいた。彼は流れ星を一つしか見られなかったが、十六個数えた人もいたそうだ。そのことは私が元同僚の女性と見舞いに行きたいが、という手紙を出したところ、都合を知らせてきたハガキに書いてあったことである。手術をすれば治るかもしれないと彼は淡い希望をもっていたが、その予定がなくなった、と告げられたころであった。それから三ヵ月後に亡くなった。五十五歳だった。

それ以来流星雨というと、がん病棟の屋上に集う患者たちの影をともに想像しないではいられなくなった。彼らは眠れないままに屋上に上がって来る。暗闇から突如音もなく光が現れ、光跡を残し、また闇に消えてゆく現象に、自分の生命もまた宇宙の一現象であると見たかもしれない。軽々には言えないことだけれども。

十六個の流れ星を見た人には、「元気になれますように」と祈る時間が与えられたかもしれない。

どれかの星によって祈りが聞き届けられていたらいいのだが。私の先輩は祈ったのかどうか。

流れ星が消えないうちに願いごとを三度唱えると叶えられるという言い伝えは、多分この国では広範囲に行き渡っているだろう。いつの間にか私などの目や耳にも入っている。内田武志『星の方言と民俗』によると、その唱えごとは、「千両」「俵三俵」「八寸」（背丈が伸びるように）「読み、書き、算盤」「拾った」など。流れ星は凶兆でもあり、禍《わざわい》をさけるには唾を三べんつづけて吐かねばならない、という地方もあったそうだ。私は流れ星が急角度で曲がるのも見たことがあるが（あのときは流れ星が二つ流れたのではないかと思っている）、「あっあっ」と言っているうちに終わってしまった。

流れ星の出現がなにしろ一秒かそこらの瞬間的なものであるので、不可能を前提とした挑戦的な俗信ではないかとさえ思えるが、これはあまりに現代的な反応かもしれない。

渡辺美和・長沢工『流れ星の文化誌』では、カトリック教徒が流れ星を霊魂とみなし、それが消えるまでに「Rest In Peace」と三回唱え、魂の救済をねがったという言い伝えを紹介し、現代日本の俗信は「明治時代のキリスト教の布教活動による影響のような気がする」としている。そうかもしれない。それが変形したのだろう。明治期に成った聖書の翻訳は、島崎藤村らに大きな影響を与え、近代詩の成立にあずかっても力があったのである。

カトリック教徒たちは、死者の魂の安寧を祈ったということだが、近・現代日本では、自分一個のために祈ろうとする。「何かいいことがありますように」という虫のいい精神であり、神仏に

「無病息災、家内安全、商売繁盛」と手を合わせるのとちがわない。現実的なのである。

そういえば幼いころ読んだデンマークの詩人・童話作家・アンデルセン（一八〇五〜七五）の『マッチ売りの少女』の話の中に、流れ星が降るところがあった。もっとも美しく、呪縛力に富む場面である。大みそかの雪の降る晩、一つもマッチが売れず、凍えた少女は売りもののマッチをすって、その火と光の中に幻を見る。

「またもや、マッチの火が消えてしまいました。たくさんのクリスマスの光は、高く高くのぼっていきました。そしてとうとう、明るいお星さまになりました。その中の一つが、空に長い長い光の尾《お》を引いて、落ちていきました。

『ああ、だれかが死んだんだわ』と、少女は言いました。なぜって、いまは、この世にはいませんが、世界じゅうでたったひとりだけ、この子をかわいがってくれていた、年とったおばあさんが、よく、こう言っていたからです。『星が落ちるときにはね、ひとりの人の魂《たましい》が、神さまのみもとに、のぼっていくんだよ』」（矢崎源九郎訳）

少女はおばあさんの腕に抱かれて、神に召されることになる。おばあさんのことばのように、カトリックの信仰は広い裾野をもつに至った。幼いころの私の周囲には一神教を信じる人はいなかった。それでも童話で読んだ、死のしるしとしての流れ星は、幼かった私に強い印象を残した。未消化のまま飲み込んでしまった。

それから私は流れ星を見ると、或るときは死んだ少女の声を聞き、或るときは願いごとをする用意と時間がなかった悔しさを感じてきたが、むかしむかし童話が好きだった老女にはそんな人が多いのではないだろうか。

詩人・作家・吉行理恵（一九三九〜二〇〇六）は老女にならないうちに亡くなってしまったが、吉行も流れ星を見ると、「マッチ売りの少女」のことばが思われたようだ。流れ星の出てくる詩がいくつかある。これはその中の一つ。全文。

流れ星

猫は
明るい星
窓枠に　肘をつき
部屋のなかを　見守っている

目の中で
綾取りを繰り返す　姉妹
縁者たちにかこまれて
お婆さんはうわごとを言う

「うたたねしながら　死にたいわ」
その瞬間《とき》　星が流れた

詩人は猫の目が明るくて、星のようだと思う。星に見守られているような気がする。部屋のなかでは「お婆さん」が最期の息を引き取ろうとしている。「うたたねしながら　死にたいわ」というつぶやきが星への祈りとなって、それが聞き届けられるのである。こんなことを最期につぶやくお婆さんもいないだろうが。

最終行が映像的な効果を出している。星の目をもつ猫がまるで流れ星のように、出窓から飛び下りる。空にはほんものの星も流れたかもしれない。

猫は魔物といわれて、私の古里では猫は死の床から遠ざけられたものだが、人の力を超える猫のしわざと、星のみわざとが分かちがたくないまざる、可愛らしく不思議な詩である。

吉行理恵の猫好きは有名だった。私もお宅で「もうじきお別れなの」と言って、おくるみの中の老猫を見つめる吉行さんに会ったことがある。

さて流れ星は、太陽系の小さな岩石やそれが砕かれて粉や塵となったものが地球の重力に引かれ、大気中に突入し、大気を圧縮して高温になり、燃えつきるときに光を発するものだそうだ。少し大きなものは隕石となって落下する。美しく禍々《まがまが》しい。

彗星・ほうき星

「彗星のように現れる」という表現がある。未知の新人がいきなり脚光を浴びて華々しく登場することの譬えである。私は恥ずかしながらじっさいの彗星を見たことがないので、彗星のイメージはこのことばから受けていた。闇の中からいきなり光るものが現れて、人びとの目を奪い、そしてまた闇の中に消える。スイセイという音からも、かなり速い印象がある。そう、流れ星くらい速いのではないかと思っていた。

一九八六年春にハレー彗星が地球に最接近したそうだが、私は前年暮れに勤めていた出版社を自己都合により退職したばかりで、地上のことどもに気をとられすぎていた。もっともこのときは日本よりも南半球のほうがよく見えたそうなので、喧騒が耳に届かなかったこともあるだろう。

彗星ってどんな星なのだろう。以下の数行は百科事典等の記述による。

彗星は天体の一つで、太陽系の始原物質が凍りついて、本体の核ができていると見られている。太陽の周りを楕円軌道を描いてまわっており、太陽に近づくと、氷が融けてガスが噴出する。これが彗星の尾である。しかし一回の接近で氷がみな融けてしまうわけではないので、またぐってくる、というわけである。多くの彗星は非常に長い周期をもっているので、いつどこに出現するか概して予測不能だそうだ。ハレー彗星は約七十六年の周期と分かっている大彗星なので、この次は二〇六一年夏、日本からよく見えるという。

確実なことはその年にハレー彗星が出現するということと、その時は私という人間が消滅しているということだ。どんな世の中になっているだろう。生きものがいなくなっていなければいいが、なんて、これからの人びとを怖がらせることは言わないにしよう。まだ紙の本は読まれているかなあ、という心配をするくらいにしておこう。

では天体といっても形状以外で彗星と小惑星の違いは何か。以下は朝日新聞二〇一五年一月二十六日の記事による。彗星は氷などの揮発成分が多く、小惑星はおもに岩石である。起源は彗星は太陽から遠い場所、小惑星は比較的近い場所で生成する。彗星の軌道はおもに楕円形で、太陽に近づいたり、遠ざかったりするが、小惑星は円に近いという。なおその記事では、こちらのほうが主眼だったと思われるが、ＥＳＡ（欧州宇宙機関）の彗星探査機「ロゼッタ」が打ち上げられてから十年後の二〇一四年八月に彗星付近に到着、十一月に小型着陸機が核に着陸したという。観測データから地球の水の起源との関連などを調査中という。

彗星はそのかたちから、ほうき星と呼ばれる。「彗」は草などで作ったほうきのこと。その他、尾引き星、御光星《ごこう》、扇星、旗星、稲星、穂垂れ星、豊年星、なぎなた星、ほこ星と人はことばの限りを尽くしてこの星を呼んだ。

妖星とも呼ばれた。古来どこの民族においても凶兆として眺められたようだ。日本でもっとも古い記録は『日本書紀』舒明天皇の項に「六年の秋八月に、長き星、南の方に見ゆ。時の人、彗星《ははきぼし》と曰《い》ふ」という一行だそうだ。翌年春三月にも同じ「彗星」ということばが見える。九年には大きな星が東から西に流れ、雷鳴のような音がした。人びとは「流れ星の音」とか「地雷《つちのいかづち》」とか「天狗《あまつきつね》」とか噂した。十一年また「彗星《ははきぼし》なり。見ゆれば飢す《いひうゑ》」の記述がある。以下の史書にはきちんとその出現が記載されているそうだ。王朝時代の改元は彗星の変によることもあるという。

岡山県生まれの小説家・随筆家で夏目漱石門下の内田百閒（一八八九〜一九七一）の『百鬼園随筆』に「箒星」という短い随筆がある。一九一〇（明治四十三）年、（この年日本は韓国を併合。大逆事件が起きる。前年には伊藤博文がハルビンで暗殺された。）作家は郷里の町の大銀杏の右寄りの空にハレー彗星が現れるのを見た。「毎晩毎晩同じ姿が西の空に不気味な光を散らした。」とあるので、私は初めて彗星とは流れ星のように走り去るものではないのだ、と分かった。これは恐ろしいだろうということも想像がついた。

この随筆で作家は郷里の人びとの動揺のさまを書いている。それは民俗学の本や史書などで知らされるよりはるかに肉感的な恐怖だった。

「今にハレー彗星は地球にぶつかるだらうと云ふ噂があつて、さうなれば何もかもおしまひである。大地が割れて、海の水はざあざあ流れ落ちてしまふだらうと人人が話し合つた。船頭町ではひとり者の婆さんがその話を考へ過ぎて、生き長らへても恐ろしい目を見るばかりだと思つたのであらう、噂の高かつた最中に、首をくくつて死んでしまつた。」

恐怖のあまり自殺者まで出たのである。しかし誰も地球にはぶつからないと言ってくれなかった。

みなが半信半疑なのである。

「何事もなく幾晩か過ぎると、今度は、衝突はしないがあの尾の中に地球が這入る時があるだらう、それは天文の計算によると、来る何日の夜十一時ごろである。地球が彗星の尾に包まれてから起こるかも知れない大気の異変は、予見することが出来ないと云ふ噂がひろまつた。」

予見しえないというほど怖いことはない。想像するから怖いのである。作家はそれをよく知っていた。さて尾の中に地球が入るという時刻、作家は高等学校の同級生数人と会食中だったが、「あっ十一時だ」と一人が言ったとき、空を見るためにみな押し合って二階の窓から物干し台に駆け上がった、というところで終わり、星の描写はない。これが文学なのだ、巧いなあ、と私は思った。結末は誰もが知っているから、書くまでもないことだ。恐怖の頂点で終わるので、しばらくどきどきした余韻が残った。

星になる

子どものころに読んだ漫画だったと思うが、刑罰として宇宙船の外に放り出された人が、星になって体を光らせながら、ずっとめぐりつづける、という情景がいまでも不眠の夜などにまぶたの裏に浮かぶ。宇宙船の窓から目を閉じて浮かんでいる人が見える。そのうち頭の上、足の下、四方八方で星の輝く空に自分が浮かんでいる夢を見てしまう。面白いことに星の遠近はなく、みな小さくて、地上から眺める夜空である。想像力はそこでは発動されない。いまも宇宙遊泳のニュースなどに接すると怖い。

人は死んだら星になる、という説話をもっている民族もあるそうだ。人だけではなく、動物たちも星に生まれ変わると信じていた人びともいるという。この国でも、むかしもいまも大人たちから「おじいちゃん、おばあちゃんは、死んだらお空の星になる」と聞かされる子どもがいる。幼い人たちは、人が死んだらどうなるか分かっていない。大人でも見かけ以上のことは分からない。「死んでお星さまになって、あなたを見守っている」と言われて、夜空を見上げる子もいる。でもよほどの天文学少年か少女でもなければ、どの星か分からない。きっとあの星、と見上げても、次の夜にはどれだったか分からなくなってしまう。子どもでなくても、そういう思いに招かれやすい星というものはある。

たとえば人の思いが、あるいは霊魂が空に昇って星になったという言い伝えのある星は、本書五七ページに記した「りゅうこつ座」の首星カノープスである。漢名「南極老人星」「老人星」、和名「布良星《めら》」「入定星《にゅうじょう》」「西心星」その他。

野尻抱影（一八八五〜一九七七）『日本星名辞典』では「めらぼし（布良星）――千葉・神奈川・静岡沿岸」という項目が立てられている。布良は房総半島（千葉県）の突端にある館山市内の地名である。現在はともかく、むかしはあまりひらけていなかったところに、不思議な言い伝えは発生するものである。

布良という地名で思い出すのは、高田敏子（一九一四〜八九）の「布良海岸」（『藤』所収）という詩である。後半部を引く。

岩かげで　水着をぬぎ　体をふくと
私の夏は終っていた
切り通しの道を帰りながら
ふとふりむいた岩鼻のあたりには
海女《あま》が四五人　波しぶきをあびて立ち
私がひそかにぬけてきた夏の日が

その上にだけかがやいていた。

高田敏子は東京生まれの詩人。布良の夏にはこんな明るいイメージがある。私も布良の近くの海で、詩人で漁師、赤銅色に日灼けした大学の先輩に、友人たちとともに舟に乗せてもらい、彼が砂底にいる魚を銛《もり》で突いて空中にひらめかすのを目のあたりにした。

房州の春の浜辺も矢車草やストックの盛り上がる花の絨毯《じゅうたん》が明るい。けれども荒天の冬にはやはり暗い海景が広がるのだろう。

冬の西南風の強い日、南の水平線上に大きく妖《あや》しく光る星が一つ上り、しばらくすると海中に没するという。これが布良星である。

布良星の名の由来は野尻抱影が収集したところによると、布良の漁師がたびたび海難に遭って命を落としているため、彼らの霊がその星に乗り移ったとする地元の言い伝えによるという。

私の古里は下総九十九里浜の飯岡だが、ここも海難事故の多い浜だった。地引き網の鰯漁が盛んだった。漁師がいっぺんに何十人と亡くなったことも二度や三度ではないと古記録にある。千葉県の中でも、文化の伝播はおそらく海路、南から安房、上総、下総の順に北上し、下総の、とくに太平洋岸まではなかなか到達しなかったようだ。海の藻屑となった漁師たちの霊を、星として祀るという優しい考えも思いつかなかった。

布良星はまた「上総の和尚星」ともいったそうだ。なんでもむかし上総のお寺の和尚が常陸の鹿島郡に旅したとき、賊に所持金を狙われ、殺害された。和尚は、わしの恨みは南の空に星となるだろう、その星が出たら、明くる日は時化《しけ》になる、と言い遺した。常陸から上総は南の方角である。じっさい遺言を聞いた者がいたかどうかなどは分からないが、人びとは和尚の無念の思いをしっかり汲みとったのだろう。

星ばかりでなく、雨や風に、悲劇の主の名を付けることもある。写真家の佐藤秀明氏との共著『雨の名前』『風の名前』から抜き出してみる。

「梅若の涙雨」は、謡曲「隅田川」の幼い主人公・梅若丸の忌日とされる陰暦三月十五日に降る雨のこと。人買いにかどわかされ、ひどい仕打ちを受けた梅若丸を悼む命名である。

「虎が雨」は、陰暦五月二十八日に降る雨で、「虎」は曾我兄弟の兄・十郎祐成《すけなり》の愛妾で大磯の遊女・虎御前のこと。この日、十郎五郎の兄弟は父の仇を富士の裾野に討ち果たしたが、兄もまた討たれた。雨が降ると、それは虎御前の流す涙であろうとされ、夏の季語にもなっている。

雨は怨念やら何やらが凝り固まったものを涙として流すことで、悲しみに浄化させるともいえそうだ。

一方風のほうは、「東尋坊《とうじんぼう》」という、八十八夜ころに吹く西寄りの暴風がある。むかし平泉寺にいた東尋坊という名の怪力の悪僧が、福井県三国の断崖で同僚に欺き殺された。その怨霊の祟りの風とされ、断崖も彼の名で呼ばれるようになったとか。東尋坊は海食崖の景勝地で、あそこに暴風が吹いたら、さぞ恐ろしいことだろう。

風は、なまなましい怨念や息づかいをそのまま運ぶようだ。星は象徴と化す分、なまなましさからは遠くなっている。

話は元に戻るが、布良星はまた「入定星」とも呼ばれたそうだ。布良から一里ほどの村で入定した僧が、自分は息絶えた後は星になる、それが見えたら必ず時化になるから船を出すな、と遺言したそうである。人びとは、それは南の方角、水平線から一尋《ひろ》くらい離れたところに出る大きな星であろうと推測した。

この星は「西心星」ともいうそうだが、入定僧の名は西春法師が正しいということである。口から耳へ、耳から口へと伝わっていったことを証すものである。

星を呑む

星を呑むことを夢想した詩三篇を掲げよう。詩人でなければ考えつかないことである。それも傑出した詩人でなければ。

高橋新吉（一九〇一―八七）の詩を読んでいると、壮大な時間・空間感覚に驚かされる。一般にその詩は禅問答のようだと評されるが、『高橋新吉全集』第一巻・解題の一柳喜久子（新吉夫人）によれば、「時空は彼の懐に入り、」「潑溂たる華厳の世界」であるとする。一瞬の中に永遠を見る、というのは誰にでも起こりうることだが、雀のような小動物が宇宙より大きい、と観じる心の働きがこの詩人にはある。

新吉に「星」という詩がある（『高橋新吉詩集』所収）。この詩は「星を引きよせる方法を発明した」という奇想天外な一行で始まる。詩人は部屋の中で女といっしょにいる。女の髪がカーテンの代わりに窓にぶら下がっている、という重力だか視力だかもへんなことになっている部屋である。後半を引く。

たゞ背中を星に見せればよいのだ
脊髄の中に　星を吸引する力が潜んでゐるので　誰でも背中
　を天に向けて腹匍へば星は落ちて来る
美しい星が　簡単に天ノ川から　雨のやうに降って落ちて来
　る
星は小さいものだから　背中の皮膚の毛孔を通って私の体内
　にかくれてしまふ
私はカリエスを病んだことも　唇を赤く染めたこともない
でも　寝台が壊れるよりも先に　地球はこはれてしまふんだ
　から
やがて　星は夜空に光らなくなるだらう
光らなくともいゝのだ
私の体の中で　しづかに血管の中を流れてゐるんだから

星は人には小さく見えるが、遠近法は華厳の世界の中では溶けてしまうのだろう。かくて星は詩人の毛孔から体内へ入ってゆく。いきもののようだ。私の連れ合いが母から聞いたという「仏の教えは毛穴から」ということばを思い出す。詩人の体はまっとうで、「カリエスを病んだことも　唇を赤く染めたこともない」。そんなことが関係があるのかないのか分からないが、詩人にとっては大事なことなのだろう。なんとなく可笑しい。地球が壊れてしまったら、詩人も寝台も壊れてしまうだろうが、さにあらず彼の体は宇宙大に膨脹し、血管は天ノ川になるのだ。

高橋の五歳下の女性詩人・永瀬清子（一九〇六〜九五）も気宇壮大な詩を書いた。「金星」（『薔薇詩集』所収）全文を掲げる。

私はつめたい星空を啜った
しおからくそれは私に流れこんだ。
蝎はそのたばね熨斗《のし》の形のまま
しわしわとしぼまり
カシオペアはその長い髪のジグザグを
蛇のようにうねらせ
北斗も念珠のようにつながったまま
私の喉をすべっていった。
しずかなあけ方に
天の星はみななくなって
そして私の内部は
キラキラと彼等の青い鱗で燃えた。
最後に喉にかかった釣針みたいな金星を

私はものういため息とともに
東の空にむかって吐きだした。
それはしばらくゆれていたが
さびしいあじさい色の空に一つだけ残って
しずかに綸《つりいと》の先端にひかっていた。

永瀬清子は「現代詩の母」と称される詩人である。ちなみに「現代詩の長女」は茨木のり子。いまは孫、曾孫世代が育っている。彼女たちは星がチカチカしている暗号のような詩を書く。「たばね熨斗」は、進物に添える「のし」を束ねたもの、またそれを図案化した紋所の名。さそり座はS字のカーブを描いている星座だが、それを「たばね熨斗」とはよく言ったものである。カシオペアはW字形の星座。「長い髪のジグザグを／蛇のようにうねらせ」とはなんともなまなましい。「北斗」の「念珠」が、すべてのなまなましいものをお祓いしているみたいだ。

永瀬には『諸国の天女』という詩集があるが、表題作は諸国の漁夫や猟人の妻が日々の労働の中で、自分の分身である「天女」を夢み、空にあこがれるのだが、夢はしぼまずにはいない、「冬過ぎ春来て諸国の天女も老いる。」というのが最終行である。それから二十年近く経って、「天女」は星をみんな呑みほしてしまうほど巨大になる。そのエネルギーに見合うほど、地上の女の労働と苦悩が大きくなったということか。

掲出詩では金星だけは呑み込めずに、空に吐きだすのだが、こうしないと詩がまとまらない、ということはあるが、それは他のどんな星にもまして美しいので、朝な夕なに見入っていたいからだろう。

こういう詩はもう私たちには書けなくなった。天の星々が街では見えにくくなって、対話することができなくなったからでもあるが、若い人たちは自分がどこにいるのか分からない、スマホを頼りに浮遊している迷子の星のような感覚を、いまはもっているのではないだろうか。

宗左近（一九一九〜二〇〇六）に詩集『デッサン帖　夢』がある。この中に「デッサン帖　星」という星についての短詩を集めた章がある。鋭く美しい省察があり、また誰も考えたことがなかった問いと謎がある。「星」という題の詩は何篇かあるが、「ほんとうは／むこうにむけての光」という二行詩など、この世は贋《にせ》の仮の世だと言おうとしているのだろうか。「夜の祈り」という詩を掲げる。全文。

掌に水をすくう
水に星があふれる
目に水がわきでる
水に星があふれる

死のときにこの水を
星ぐるみ飲みこめますように

水は渓流の清らかな水かと思った。でも二連目では目にわきでる、とあるから涙である。涙の泉に星があふれているのだ。三連目、死んで詩人は夜そのものになろうというのか。星のあふれる夜に。夜空いっぱいにひろがる自分を夢想するのである。

かなしい詩だが、これも詩人の壮大な夢である。

星砂の浜

「星砂」の名を初めて知ったのは、詩人・童話作家・岸田衿子さんの「星砂をひろいに」(『風にいろをつけたひとだれ』所収)という随筆を読んでからである。「ホシスナ」と衿子さんは呼んでいた。沖縄に行ってきた知人が、紅型《びんがた》のおみやげといっしょに一包み、紙につつんでもたらしてくれたそうだ。衿子さんには第一の宝物になったという。

衿子さんは星砂をひろいに行きたくてたまらなくなった。沖縄本島から宮古島に渡り、それから石垣島に飛ぼうとしたが、風が強くて飛行中止になったり、満員だったりして結局星砂が打ち上げられるという竹富島《たけとみじま》には行けずに、宮古島で五日間過ごした。白い砂浜で子どもたちと遊び、星砂を探したが、見つからなかった。「世の中で、もっとも小さいものを拾いに行きたかった願いは、かなえられなかった。」と書いている。四十年くらい前の話だろう。

私が生まれ育った千葉県の九十九里浜には「銀砂《ぎんすな》」と土地の人たちが呼ぶ青く光る砂があった。砂鉄である。或る日砂浜がごっそりえぐられて銀砂がなくなっていたことがあった。ギンスナの記憶があるので、私も衿子さんの本を読んで以来、ホシスナに憧れた。

花田英三さんという沖縄に行ってしまった詩人がいた。頼まれて、この人の詩のアンソロジーにエッセイを寄せたところ、原稿料の代わりに何か沖縄のものを送ってあげます、と手紙が来た。星砂がほしいと書いたら、沖縄本島には売っていない、と書いてあって、代わりに紅型の扇子とハンカチをくださった。星砂は商品になってしまったのかとがっかりした。花田さんはそれ以前だったか以後だったか、「嘘八百」という個人誌を出し、私に詩を書いて、と言って来られた。一編送ると、原稿料と書かれた封筒の中に木の葉が一枚入っていたこともあった。花田さんは沖縄の人と再婚して定住し、一昨年（二〇一四年）亡くなられた。

昨年五月、私の連れ合いの車谷長吉が急逝して、しなければならない喪のことどもに追われ、ため息はしじゅう出るものの息つぐひまもなく十二月になった。二、三日どこか沖縄の離島に行ってきたい、と思った。骨休めをしたい。一人で飛行機や宿の手配をする気力はないので、こういうときは旅行会社が募集するツアーに一人で参加し、一人部屋の追加料金を払えばよい。

現地添乗員から「八重山諸島四島めぐり」の行程表をもらって初めて、行き先に竹富島の星砂の浜があることが分かった。憧れていたことさえ忘れていた。

ツアーというもの、必ず何ヵ所もの土産物店を経由するのがありがたいような、わずらわしいようなものだが、港の売店で、まず商品としての星砂が目にとまった。小瓶に青く着色された砂が入っていて、その中に星の形をした砂がいく粒かあるようだ。花田さんが言っていたのは、これか、と思った。手にとったが、買わなかった。代わりに買ったのは、イリオモテヤマネコ・クッキー。西表《いりおもて》島の植物園のようなところを抜けると白い砂浜があり、そこにも星砂があるという。地元の人はホシズナと発音した。私は衿子さんのようにホシスナと呼びたい。添乗員の方が星砂の採り方を実演して見せてくれた。砂浜に手を押し当てると砂粒がつく。それで見つけて採集するのだという。背後で「あっ、あった」という声はすれど、私の手のひらはむなしい。情けなさそうにしていると、そばにいた人が珊瑚《さんご》のかけらの陰の緑いろに見える砂のところなどにあると教えてくれる。あった！

よく見ると砂粒にトゲが五つ、六つ。四つのもある。星形にきれいに鋭く尖っているのもあるが、不揃いのものや、折れたようなものもある。衿子さんは星砂の採り方を知っていたかしら。「一粒ずつ拾う」という表現があったから、貝殻みたいに目で見つけようと思っていたのではないか、とふと思った。その後、竹富島でも採ることができた。竹富島には沖縄独特の赤い平たい屋根の古民家群が残されている。道路は珊瑚のかけらが敷きつめられていて真っ白である。なんでも夜、這っているマムシを見つけやすくするためとか。衿子さんに電話で報告したかったが、もう衿子さんはこの世の人ではない。

添乗員は科学者ではないので、星砂の正体は砂ではないということしか説明してくれなかった。では珊瑚のかけらかしら、と私は考えたが、かけらにしては精巧にすぎる。帰京してから調べてみると、原生生物である有孔虫の殻だそうである。驚くべきことに、数万年前の化石もあれば、いま生きているものもあって、後者は浅瀬の海藻の根元などに見られるという。

なぜこんな奇跡のようなものが打ち上げられているのか。南の島では神々は機嫌よく手すさびを楽しんでいられたのだろうか。

土地の人たちが星砂についての神話というか民話をつくりあげた気持ちが分かる。その話は要約すると、次のようなものである。

南の星は北極星の子どもを産むことになり、天の大明神にお産をするのはどこがいいでしょうとお伺いをたてた。すると竹富島の南の海がよいとお教えになった。母親星は珊瑚礁の海にたくさんの子どもの星を産み落とした。

ところが海を治めている七龍宮神《ななりゆうぐうしん》が、私に断りなしにと言って怒り、大蛇に命じて星の子どもをすべて喰い殺させた。その骨が星砂になったという。

竹富島の御嶽《うたき》に住む女神がこれを哀れんで、集めた星砂を香炉に入れて祀ると、星砂は天に上り、南の母親星の周りで輝くようになった。

神話や民話は夢のような話ではない。南の島が戦場となった記憶が影を落としていることも考えられる。

星砂は星のような砂ではなくて、星だった砂と人びとは考えたいのだろう。聖なる形から、地元では星砂は幸福をもたらすともいわれているそうだ。

Ⅱ

星の神

日本最古の史書である『古事記』には、夜の国を統《す》べる月の神は、影は薄いながらにおわします。だが星の神が見当たらない。

私が前著『水のなまえ』で水の神を探すべく同書に当たったときは、これでもか、これでもか、というくらい水神は次々に湧いて現れ出るのだった。このことから日本の人びとは太陽と水とを崇め、星々には関心を示さなかった、という結論を出すのは早過ぎる。

星の神をたずねて、日本最古の勅撰による史書『日本書紀』を見ると、ただ一柱の星神の記載がある。

「一《ある》に云はく、二《ふたはしら》の神遂に邪神《あしきかみ》及び草木石の類を誅《つみな》ひて、皆已《すで》に平《む》けぬ。其の不服《うべな》はぬ者は、唯星の神香香背男《かかせを》のみ。故《かれ》、加倭文神建葉槌命《またしとりがみたけはつちのみこと》を遣《つかは》せば服《うべな》ひぬ。」

「天《あめ》に悪しき神有り。名を天津《あまつ》甕星《みかほし》と曰《い》ふ。亦の名は天香香背男《あまのかかせを》。」（ともに「神代下　第九段」）この神を祀る星宮神社は栃木県周辺に多いそうだ。

『日本書紀』は、星の神は邪神であり、悪神であった、とはっきり記している。このことは月の神ツクヨミノミコトが日の神アマテラスオオミカミの怒りを買って、「汝《いまし》は是《これ》悪しき神なり。相見じ」といわれ、一日一夜をへだてて住むことになったという同書の記述と関係があろう。星は月と同じ世界に属するものなので、月が悪者であれば、星もまた同類なのである。

善玉と悪玉がはっきり分かれているむかしばなしの祖《おや》みたいな感じがする。むかしばなしの悪玉はたいてい欲張りで、そのために身を滅ぼすのだが、星の神はなにか悪さをしただろうか。退治されたというだけで、何のエピソードもない。彼が夜を引き連れて来るとでも考えられていたか。

古代の夜の闇は深く、鬼や魔物がひそんでいると思われただろうし、じっさい賊も出没したことだろう。出歩くには生命の危険があると考えないわけにはいかなかったろう。その情景は「多《さは》に蛍火の光《かかや》く神、及び蠅声《さばへ》なす邪しき神有り。復草木咸《またくさきことごとく》に能《よ》く言語《ものいふこと》有り。」という同書の描写が端的に示している。じつにいきいきしたアニミズムの世界である。

江戸の国学者は「蛍火の光く神」を星神と解したそうだ。星神が地上に降りて、蛍の光となって明滅し、流れ飛ぶ。

現代詩人・吉原幸子（一九三二〜二〇〇二）は蛍の光を星に譬えた。詩集『樹たち・猫たち・こどもたち』（サンリオ出版　一九七五年）所収。「童謡二篇」の内の一篇。

ほたる

ホタルは　青い流れ星

空から落ちた　流れ星
（だからホタルは）
もういちど空へかえろうと
あんなにはげしく　とぶのです
けれども空は
（けれども空は）
あんまり高くて　とどかない

ホタルは　青い流れ星
空から落ちた　流れ星
（だからホタルは）
水にうつった星かげを
あんなに　恋しがるのです
けれども水は
（けれども水は）
あんまり深くて　もぐれない
（以下略）

みずみずしい詩だが、私たちの深層には古代人の感性のゆらぎがなお途切れずにつづいているのかもしれない。それは童謡というかたちをとるとき、優しく素直に現れてくるものらしい。私たちは「ホタルは　青い流れ星／空から落ちた　流れ星」を比喩として読む。古代の人びとはしかし、そのとおりに信じたかもしれない。蛍を地上の星と見、禍々《まがまが》しいものと目をそむけたかもしれない。

星神・香香背男は「衆星の中に、もっとも大きく見ゆる星」、金星にほかならない、と平田篤胤が『古史伝』で説いていることを、野尻抱影『日本星名辞典』で知った。野尻もこれに賛成している。星神はだが香香背男だけではない、という説もある。端的に星の神を表すような名ではないが、「筒《つつ》」という字を名にもつ神がそうであるという。そのおもな根拠は「夕星《ゆうづつ》」である。宵の明星、金星のこと。

イザナミノミコトが火の神を生んだときに灼かれて神退去《かむさ》ったときに、イザナキノミコトが剣を抜いて火の神を斬ったところ、生成した神々の中に磐筒男命《いわつつのおのみこと》の名が見られる。またイザナキノミコトが黄泉の国から帰って、禊ぎをし、磐土命《いわつつのみこと》、底土命《そこつつのみこと》、赤土命《あかつつのみこと》が成る。『古事記』では、底筒之男《そこつつのお》、中筒之男《なかつつのお》、上筒之男《うわつつのお》の三柱の神が成る。

磐筒男命の「ツツ」について岩波文庫版の註では、粒の古語であるとする。磐が裂けて、飛び散ったさまを表すという。

民俗学者の谷川健一は『古代海人の世界』の中で、筒という文字をもつ地名を検証し、海神＝雷神＝筒神という等式を示しており、また「古代においては、ツツとツチは蛇を意味する同義語であった。」と記す。たとえば「ツチの子」という想像上の蛇の一種を挙げ、塩土老翁《しおつちのおじ》も「潮流をつかさどる蛇神」とする。

この説にしたがうと、悪しき星の神・香香背男を退治したタケハツチノミコトもその名の中に「ツチ」の音を含むので、蛇神か雷神であるのかもしれない。地上の蛍は蛇神に、天上の星神は雷神によって倒される、ということになるだろうか。

筒神＝星神説は、筒神が雷神や海神であるという説をくつがえすことはできるのだろうか。

いずれにしても記紀では星神を冷遇しているが、時代が下ると変化が見られる。中国の道教では、北辰（北極星のこと）は天界・人界・冥界を統べる神とされた。北極星が北の空にほぼ不動の位置をとり、他の星々がこの星を中心として回転するゆえに、北斗七星とともに人の命運を司るものとして神格化されていったという。道教は日本に伝わらなかったが、それに倣《なら》った陰陽道《おんみようどう》や密教が平安時代に、また日蓮宗が鎌倉時代に広まった。北辰は北辰菩薩（権現）または妙見菩薩と呼ばれ、人びとは国土安寧などを祈願するようになったという。両手に日月をもち、青龍に乗るすがたで描かれたものもある。つまり日月と海を支配しているということか。

「北辰権現」を「広辞苑」で引くと、「造化の三神をこれにあてる」とある。「造化の三神」とは誰々か。これも「広辞苑」で引くと、『古事記』で天地開闢の始めに成った三神、つまりアメノミナカヌシノカミ、タカミムスヒノカミ、カムムスヒノカミというあまり聞き慣れない神々である。

日本古代史・古代文学の溝口睦子はその著『アマテラスの誕生』の中で、タカミムスヒがアマテラスに先行する国家神だったと述べ、「ムスヒ」の「ヒ」は日であることをおもな理由に、この神は太陽神であるとする。
「造化の三神」が星神であるとする説は、どのへんから唱えられたのだろうか。ともかく初発の神々なので、高貴であるゆえに、中国思想の北辰北斗になぞらえたのか。星神は悪いのか偉いのか、情けないことに謎は広がるばかりである。

仏教説話を収めた平安初期の『日本霊異記』には、妙見菩薩（北辰菩薩）が霊験を現した話が三つ載っているが、そのうちの一つは海難を免れた話である。舟が難破し、九人の猟師が海に投げ出された。一人は「お救けくだされば、私の身の丈の妙見の像を造ります」と念じた。その一人だけが、わが身を浜辺の草の上に見出したというものである。妙見は神仏習合による日本の神の尊号である。北極星が漁師にとっては導きの星であることから、星神である妙見菩薩がよくその力を発揮したのである。

ところで私の古里・千葉県飯岡にも「永井の妙見さま」と呼ばれるお社《やしろ》がある。以下は鎌田忠治『九十九里東部の民俗伝承』に拠るが、このお社は正式には海津見《わたつみ》神社といって豊玉姫命を祀る神社である。飯岡灯台のある刑部《ぎょうぶ》岬の丘陵の中腹に祠《ほこら》があり、むかしは「天《あま》の石笛《いわぶえ》」という縦に穴の通った飯岡石が数個奉納されていたそうだ。この石笛が澄んだきれいな音をたてて鳴ると、海が荒れるという言い伝えがあった。妙見さまが一人の漁師の夢枕に立って、「石笛が鳴ったら海に出るでないぞ」とお告げになったというのである。
海津見神社が妙見さまと呼ばれるようになったのは、鎌倉時代の豪族・千葉氏の支族海上氏がこの地方を支配するようになってかららしい。海上氏は妙見さまを守護神としていた。北斗七星中の第七星が「破軍星《はぐんせい》」と呼ばれるところから、弓箭《ゆみや》の神として武家の間に信仰が広まったと見られる。始まりはそうだったとはいえ、海の民にとって星神信仰はごく自然に受け容れられるものだったろう。

妙見さまは女神で、未年《ひつじ》に町の男神・八幡さまに逢いに行く。子年《ね》には男神が女神に逢いに行く。六年に一度の逢い引きだが、十三年目にまた元の形式に戻って繰り返されるというわけである。昭和初年代にはまだ「十三年祭り」がにぎやかにとりおこなわれていたという。旧暦六月というので、七夕祭りではないが、星祭りの要素もあるだろう。私も子どものころ八幡さまの祭りに行ったことがあるが、寒い夜で母も私も襟巻きを頭からかぶったのをおぼえている。当時流行《はや》った「君の名は」のヒロインの「真知子巻き」のように。とすると十三年祭りではなかったかもしれない。

飯岡に生まれ育ち、九十三歳になる母に、妙見さまのことを聞いてみると、何の神さまだか知らない、ということだった。神さまってそんなものかもしれない。祠の周囲には人家はなく、畑と丘の灯台に至る遊歩道と広い空ばかりである。いまはＮＰＯ法人「光と風」の人たちがお守りしているそうで、星神と海神にふさわしく清らかなたたずまいである。

日本の星の民話

日本の星の神は『古事記』や『日本書紀』では冷遇されているのだが、平安時代になると、星神である妙見菩薩が漁師を救った話などが現れる（四〇ページ参照）。これらは民話というよりは説話であって、官製あるいは僧侶、神官作の話もあったのではないか。それが庶民の間に伝わっていったのだろう。民話は自然発生的に生まれ、子どもたちが語り手を囲んで車座になり、目を輝かせて聞き入るものである。聞くたびに少しずつ変わっていったかもしれない。噂話が基になったものや、お説教もあって、滑稽だったり、ナンセンスだったり、猥雑なものもある。

日本の星の神話はあまりないので、民話も少ないかな、と思った通り、ずいぶん少ない。私の頭の中にも一つもないのだった。七夕の星合《ほしあい》は知っているが、あれは民話ではなくて、伝説であろう。調べてみると、『世界の太陽と月と星の民話』の中に「星の名前　アイヌ」という項目があり、その中に一編収められている。筋は単純素朴だが、なんとも愛らしい。

「七つ星」は「苦労星」ともいうそうだが、その星はじつは七つか八つあるそうだ。

「一番上のお姉さんが『土を耕そう』と、——

二番目の人が『土を耕せば手に土つくから嫌だ』って
三番目の人が『顔を洗えば手も洗いましょ』ったら
四番目の人が『流れたら嫌だ』って
五番目の人が『流れたら川縁の草にたもつかるべ〔すがりましょ〕』って
六番目の人が『そんなことしたら手切れるから嫌だ』って
七番目の人が『そうなったら、包帯しましょう』って
『包帯するんだったら面倒くさいからタシロ〔山刀〕でもって切ったぎるべ』って
——手を？
うん、そう言ったもんだと。」
語りことばの魅力があふれている。神様は呆れて、畑を耕す時期にはおまえたちは出てくるな、ということで、天界にはりつけたという話である。それが星になった。
この七人か八人のうち、少なくとも一番上のお姉さんは畑を耕す気があったのだが、この人も星になってしまったわけである。この星はすばるである。
『日本の民話② 自然の精霊』には、「アイヌの星物語」（瀬川拓男再話）と題して三つの話が収められているが、そのうちの一つ「働き星の兄弟」がこの話の類話である。
なまけ者の六人娘の隣の家には、働き者の三人息子がいた。あるとき彼らは口論をした。
『『ぶらぶら遊んでばかりいないで、おらたちと畑でもやるべ』
『いやなこった。畑なんぞやれば手がよごれるもの』

『よごれたら、川へ行って洗えばよかべ』

『川へ行ったら、流されるもの』

『流されたら、柳の枝につかまればよかべ』

『柳の枝につかまれば、手が切れるもの』

『手が切れたら、縛ったらよかべ』

『縛っても、胸がどきどきしてせつないよ』

『この強情者め!』

三人兄弟は六人娘を追いかけた。」

天の神さまはなまけ者の六人娘をつかまえて空へ放り投げると、娘たちは六つ星のすばるとなった。息子たちは美しいオリオン三星となった。この話にはちゃんと落ちがある。夏の畑が忙しいとき、六人娘のすばるは隠れているが、冬になると東の空に現れる。すると息子たちのオリオン三星が彼女たちを追いかける、というわけである。

こちらの話のほうが体裁も整い、物語の要素も含まれ、よく出来た話になっている。すばるとオリオンの名も出てくるところから、後世になって完成したものだろう。しかし前者の初期形の意表をつく面白さが消えてしまった。包帯を巻くのは面倒だから山刀で手を切ってしまおうと、八番目だかの人が言うのだが、この人の存在も謎である。ぼっとしたすばるの灯りのようだ。

前掲の『世界の太陽と月と星の民話』所収の北米の民話にも類話がある。なまけ者の七人の女が働き者の三人の男に「そんなに働くのは馬鹿よ」と言ったために追いかけられ、カヤックで逃げる。

男たちもカヤックで追いかける。七人の女がプレアデス（すばる）、三人の男がオリオンという。この話がいちばん現代的だ。北海道と北米の人びとの間に太平洋を媒介として何らかの交流があったとしか考えられない。

『日本の民話』には「暁の明星」というアイヌの話も載っている。暁の明星と宵の明星とは姉妹の女神である。美しい暁の明星が自らすすんで、疫病をばらまいてみなを困らせているパコロカムイの妻になり、彼はなだめられて、疫病が消え失せたという話である。まだ人びとは暁の明星と宵の明星とが一つの星であるとは知らなかった。

また別の類話では、疱瘡《ほうそう》神パコロ・カムイの悪さをする息子カスンデと明けの明星が結婚。明けの明星は彼をなだめるために、夜明けの空に出られないときがある。そういうときは病気にならないように注意すべきだとか。

『日本昔話通観』という分厚い本には、「星女房」という沖縄が伝承の中心であるとされる民話がある。「天人女房」としてくくられる民話の一変型だが、心がけのよい男を救うために七つ星（すばるだろう）の長女が地上に降りて、男の妻になる。妻は布を織り、男はそれを売って生活の糧にした。だが夫はタブーを犯し、妻は天上に戻ってしまうという筋である。「鶴女房」にも似ている。妻が天に昇った後、夫も愛犬とともに昇天して星になる、という類話もある。

同書収録のほぼ全国に分布するという「天道さん金《かね》の綱」という民話は、母親を山姥に食い殺された子どもたちが、木に登って山姥から逃れ、天から綱を下ろしてもらって助かるという話である。子どもたちは空に昇って兄弟星になる。山姥は地面に落ちて死ぬが、そこに生えていたそばの茎が血で赤く染まったという。

この話は「お月さん金の鎖」という題で語られる例も多いそうだ。

民話のじつは粗筋だけ紹介するのは、味気ないといったらこの上ないので、このへんでやめる。数少ない星の民話だが、北海道と沖縄でいくらか採集されているのは、彼の地の人びとが空、海、山、川などの大自然に対し、畏敬の念をもって接し、そこかしこに精霊の存在を感じ、人の魂は星となって空に昇ると信じていたからであるような気がする。

日本の星の名前

　この国の都市やその近郊の町々では、もう半世紀以上も前から夜空に満天の星は望めなくなってしまった。晴れて風の強い夜には、かろうじて明るい一等星の星々が見えるが、東京の空にも星があるんだ、と感動するのは、人びとが休むお盆とお正月の数日だけである。汚染された大気が星を隠しているのは誰もが知っていることだが、それは私たちが快適で便利な生活を追求したいがために、あるいはそうでなくても日々の暮らしを営むために、その代償として工場の排煙や車の排気ガスに身を慣らしていっているためである。星の子たちがそれを聞いたら嘆息するだろう。私は千葉県の海辺の町に生まれ育ったが、私もまた人の子でありながら嘆息しているのである。

　潮風が強いので木も育たず、海は灰色に濁っていることが多かった。戦時中に生まれた私は「戦中派」と呼ばれるには幼かったと思うのだが、「戦後派」でもない。町は色彩に乏しく、朝顔や白粉花《おしろいばな》、ひまわり、ダリア、紅椿の色くらいが記憶に残っている。母はミシンで器用に洋服を縫ってくれたが、それを着て小学校に行くと、級友から、それは派手だ、とそしられた。白地に黒い模様のワンピースだったが、柄が大きくて派手だというのである。地味な、つましい暮らしをよしとする気分が子どもたちにまで浸透していた。図画の時間には灰色と茶色の絵具の他はあまり使わなかった。現代の子どもたちのカラフルで自由な筆づかいの絵を見ると、あまりの落差に呆然とする。

しかし戦時中生まれの私たちは、宝石のような星々を頭上にいただくことができた。いや、あれらは手にこそ取れないが、宝石よりも贅沢なものだった。夏、南の海になだれ込むように、目が覚めるばかりに光っていた銀河に息を呑んだ。いまあれらの星々に出会うには、高い山に登るか、遠くの海洋に出るしかないだろう。

北斗七星のかたちと北極星の名は小さいころおぼえた。この基本知識を与えてくれたのは誰だったか。亡くなった叔父が、空を指さしながら教えてくれたような気もしている。彼の墓碑には「久遠」と彫られているが、ふさわしいような気も。

『星座図鑑』や『星座の探し方』などの本をひらくと、ギリシア神話などにちなむ星座名を紹介している。星々を線で結び、そこに伝説の英雄、王妃、動物、魚、道具などの絵をふっくら重ね合わせ、頭や足、尻尾を補って、悠久のドラマにひたるというものである。絵図のとおりに夜空に見えない線を引くのはなかなか難しいが、星々の物語を知りたい方は、どうかそのような図鑑類に当たっていただきたい。

一九二八年、世界中の天文学者が集まった「国際天文学連合」（ＩＡＵ）により定められた八十八の星座の意匠は、人類の素晴らしい文化遺産であるが、それでも私は、星座の物語などは夢にも思わず、星々の出入りから、季節と時刻と方角を知って仕事にいそしんだ、むかしのこの国の人びとの素朴なまなざしに添ってみたい気がする。

星々の和名を調べるには、英文学者・天文民俗学者・野尻抱影『日本星名辞典』がある。同書は、著者が半世紀にわたって採集した約九百の星の和名を収録したもので、小稿ではそれとともに内田武志『星の方言と民俗』を参照した。星の光は往時そのままに、名前のほうはそれを口にした人とともに消え失せている可能性もある。しかし文字に残したものは、こうして再び甦るし、それによって星々もまた、光を返す。

北の空に通年見ることができる北斗七星の「斗」は、ひしゃくの意。七つの星を結ぶと、そのままひしゃくのかたちになるので、単純にしてすっきり明快な星座である。しかし八十八の星座の中に北斗七星というのはなく、七つの星は「おおぐま座」の腰から尻尾の部分とされている。元は漢名である。和名には「七つ星」「北の七つ星」「四三《しそう》の星」「ひしゃく星」「七曜《ひちよう》(「しちよう」とも)の星」「七夜《ななよ》の星」他多数あり、基本的な星である。

そのかたちが逆立ったとき、和船の船尾についている舵《かじ》と見て「舵星」、ひしゃくを伏せたかたちで横になったときに、柄のほうの五星を和船のかたちと見て「船星《ふなぼし》」という。船乗りは自分らの星だと思ってきたにちがいない。

柄先の星は「検先星《けんさきぼし》」「破軍星」と呼ばれた。陰陽道では柄先に金神《こんじん》が位するといわれ、それに相対して戦えば必ず破れるといわれた。

各星座ごとに、例外はあるものの明るい星の順にギリシア文字でα、β……と呼ぶ。つまりα星が首星である。北斗七星の左端の二つの星αとβをひしゃくがひらいているαのほうに伸ばしたところには、二等星の北極星が光っている。このαとβは「指極星」といわれる。北極星は星めぐりの中心をなすもので、ほとんどその位置を変えず、一年中北を指している。そのことは早くから知られ、北半球のあらゆる土地で、とくに洋上で漁師を助けてきた。南半球には天の南極の星はないそうだ。

日本では「子《ね》の星」と呼ばれた。子は十二支の最初にかぞえ、時刻としては零時を、方角としては真北を指した。古い時代にはまったくぴったりした呼び名だった。

また「一つ星」「北の一つ星」「心星《しんぼし》」などと呼ばれた。それぞれ北の極に常住する星のすがたをよく言い表している。

春の星

春は空気がしっとりして、星々もまたうるんだように見える。日暮れどきには北斗七星が北の空高くにかかる。柄の部分をカーブさせて伸ばしていくと、オレンジ色の一等星アルクトゥルスに至る。「うしかい座」の首星である。日本ではこの星をその色にちなんで「麦星《むぎぼし》」「麦熟れ星」「麦刈り星」と呼んだ。この星を見つめながら、麦刈りの時期を探った農夫たちがいたのである。瀬戸内地方では鯛漁のころに見えるので「魚島星《うおじまぼし》」と呼ばれた。

春先の宵、頭上に仲良く並んで二つの星が光っているが、「ふたご座」の星々である。和名は、見たとおりの「二つ星」、そして漁師が名づけたであろう「蟹《がに》の目」などがある。魚網の入口と見て、「水門星《みと》」とも。静岡では一対の星を旧正月の門松の杭に見立て、「門杭《かどぐい》」と呼んだそうだ。「門星《もんぼし》」と呼ぶ地方もある。「金目・銀目」ときれいな名で呼んでいた地方もあった。毎年十二月十四日ごろを中心に、ふたご座流星群が出現する。一時間あたり百個近くに達する年もあるという。

南の空高くには、「?」マークを裏返しにしたような星々と白色の一等星レグルスが目につくが、「しし座」の獅子の頭の部分である。西を向いて大きな口を開けている。この逆疑問符の部分は「ししの大鎌」と呼ばれるが、日本では「樋《とい》かけ星」、「糸かけ星」の呼び名がある。前述の『日本星名辞典』の小見出しに「といかけぼし」とあったので、問いかけ星とはしゃれている、しかし古い時代に「?」の記号はあったかな、なんてそそっかしい疑問をもってしまった。雨ドイをかける金具の意味だった。暮らしの道具を星の名にしたのである。しし座流星群は約三十三年ごとに出現し、一時間あたり一万個以上の流星が降った年もあるそうだ。

八十八の星座の中にはもちろん道具類、器具類もある。顕微鏡、コップ、琴、コンパス、定規、天秤、時計、六分儀、八分儀、望遠鏡、羅針盤など。コンパス以下は計測するもので、星空を探るものである。「こと座」は有名な星座で、よい位置にあるが、あとは南の空低くにかかるか、一部しか見えなかったり、「はちぶんぎ座」のように北半球では見えない星座もある。いずれも新しい星座だろう。

オレンジ色の一等星アルクトゥルスからさらに曲線を伸ばすと、「おとめ座」の白色の一等星スピカ、和名「真珠星」に辿り着く。この星が福井県で「シンジボシ」といわれているのを宮本常一が採集し、それに「真珠星」の漢字を当てたのが野尻抱影である。以来他の本でもその名が紹介されるようになった。オレンジと白の二星を好一対と見て、「春の夫婦星《めおとぼし》」とも呼ばれるそうだ。

曲線をちょっと延長したところ、南の中天に小さくいびつな四辺形をなす三等星の星々があり、「からす座」と呼ばれているが、日本では「四つ星」の他、素直に四角いものの名を付けている。能登半島では「帆かけ星」と呼んでいるそうだ。その他「枕星」「袴星」「机星」「腰かけ星」「お膳星」「熨斗《のし》星」「箕《み》星」などで、それぞれの暮らしぶりが反映されている。「からす座」は四つ星の左右に頭と尻尾の星が付いている。

夏の星

日暮れのころ、頭上には一等星アルクトゥルス、和名「麦星」が輝いているが、その北東の方向に小さな半円形をなす七個の星が目につく。「かんむり座」というが、日本では「車星《くるまぼし》」「鬼の釜」「長者の竈《かまど》」「へっつい星」（「へっつい」は竈のこと）などと呼ばれていた。「鬼」や「長者」の釜や竈には火が勢いよくまわっているのであろう。「太鼓星」は半円を描く星々を太鼓の皮を止めている鋲《びょう》に見立てたものという。観察が細かい。

真北の方角を知らせる北極星を尻尾の先につけているのは「こぐま座」で、北斗七星を小さくしたかたちである。夏、北の空に高く上っているころが見つけやすい。ひしゃくの枡《ます》のへりの二星を「遣《や》らい星」というのは、北斗七星が北極星をとって喰おうとするのを防いでいると見るためだという。つねに北極星の周りをまわっていることから、星々のただならぬ執念を見たのである。

真南の空には天の川が見えているが、その西岸には真っ赤な一等星アンタレスを首星とする「さそり座」がS字のカーブを描いて横たわっている。（この原稿を書きはじめたころ、二〇一四年十月二十八日、米バージニア州で、無人ロケット「アンタレス」が打ち上げ直後に爆発したというTVニュースを見た。）アンタレスの和名に「赤星」の他、「豊年星」があり、秋の稔りの象徴と仰いだようだ。「酒酔《さかよ》い星」は親しみを込めて。首星「アンタレス」と左右の小さな星をあわせ、天秤棒で籠をかつぐ姿と見た「籠かつぎ星」「商人《あきんど》星」「鯖売り星」「塩売り星」、他に「親荷《にな》い星」などの名がある。「さそり座」全体を釣り針と見て、「うおつり星」「鯛釣り星」とも呼ばれる。

星の和名でもっとも親しまれているのは、天の川を隔てて光る「牽牛星《けんぎゅうせい》」と「織女星《しょくじょせい》」だろう。「織姫」「彦星」ともいわれる。「姫」と「彦」はそれぞれ女子・男子の美称。牽牛を牛飼星ならぬ「犬飼星」と呼んだ地方もあったそうだが、そこでは外来名「牽牛」は伝わっていなかったのか。私が子どものころ、七夕さまの笹竹の下には二頭の藁の小馬をつなぎ、朝露に濡れた草を刈ってその背中にゆわえたものだが、なぜ馬なのか、と大人になってから疑問が湧いた。これは七夕伝説と日本古来のお盆の習俗が結びつき、それにちなむものかと考えている。

「牽牛星」は「わし座」の一等星のアルタイル、「織女星」は「こと座」の同じく一等星のヴェガで、青白く明るい光を放っている。年に一度の彼らの逢瀬も、太陽暦の七月七日では梅雨がまだ明けていない年もあって、雨雲に阻まれることが多い。旧暦や月遅れの七夕のほうが天候も安定し、なによりそのころのほうが、二星が宵の空の頭上に現れることになって、この上ない舞台となる。

二星は「七夕」「男《お》七夕・女《め》七夕」「おんたな・めんたな」「女夫星《みょうと》」「二つ星」などと呼ばれる。それぞれかたわらに幼い子どもの星を連れていると見る土地も、日本各地にあったそうだ。

七夕の二星を隔てた天の川の中に、五個の星が大きな十文字を描いているのが「はくちょう座」で、一等星のデネブを尾に輝かせている。くちばしには、色の異なった二重星アルビレオ。和名は「十文字星」「天の川星」である。かささぎが天の川に翼を並べて、牽牛を渡した、という伝説から、かささぎ星もあっていいのではないか、と夢想してしまう。

牽牛星・アルタイルの北東に菱形の星座があり、これは西名「いるか座」、和名「菱星」「梭星《ひ》」である。梭は機《はた》を織るとき横糸を通す道具。

南の空で天の川が幅広く明るくなっているところは銀河系の中心方向だということだが、その辺りに「いて座」があり、北斗七星を小さくしたようなかたちなので、「南斗六星」と呼ばれる。

秋の星

Wの字のかたちをした「カシオペア座」は周極星なので、北の空に一年中見られる星座である。北極星をはさんで北斗七星と反対側にあり、見つけやすい。見つかれば、間違えようのないかたちなので、うれしい。私は七時雨山《ななしぐれやま》の麓で秋田の山友達に教わった。野原に寝ころんで星を見ていたら、夜露に濡れて背中がぐしょぐしょになった。

秋の宵の空では、北斗七星は地平線に低く下がり、見つけるのが難しくなる。一方「カシオペア座」のほうは北東に高く上がってくる。そういうときに北極星を見つけるには、この星座が指標になる。

和名には「錨星《いかりぼし》」「山形星」がある。北斗七星を「舵星」、カシオペアを「錨星」と見る視線は、いかにも海の民のものだが、後には東北・本州の山地でも聞かれたそうである。また北斗七星を「七曜」と呼ぶのに対して、この星を「五曜」と呼ぶ地方もあったという。

「すばる」の名は『枕草子』でおなじみの星で、古くからある和名である。これは一つ星ではなく、肉眼では六、七個の星がまとまって輝いているもので、プレアデス星団と呼ばれている。星座名は「おうし座」。晩秋の日暮れどき、東の空を見上げると目につくが、冬にかけて眺めることができる。農民、漁民ともに作業のアテ、というか目じるしとなってきた。

「群がり星」、「六《む》連星《つらぼし》」は見た通りの命名だが、さきの『日本星名辞典』によれば、津軽海峡のあたりで「むじな星」の名が採集された。多分「むづら星」がなまったのであろうという。「一升星」は、星が一升枡に詰め込まれている印象から、「お草《くさ》星」は、一束の草のように固まっている、あるいはクサ（吹き出もの）のようなので名づけられたか、という。むかしの人たちは目がよかったようで、六星をむすんだかたちから「羽子板星」などと呼んだそうだ。

「すばる」については別項「『枕草子』の星」で触れる。

冬の星

宵の東の空に全天一の青白い光芒を放つシリウスが上ってくる。この星をのどもとに光らせているのが「おおいぬ座」である。和名はそのものずばり「青星《あおぼし》」「大星《おおぼし》」。広島地方では「三つ星のあとぼし」という。中国では「天狼」。犬よりも鋭い目をもつ動物の名を付けた。

東南に線を伸ばしていくと、犬の尾にあたる部分に三つの二等星が三角山のように並んでいる。

見たとおり「三角」というが、海上の役星で、イカ釣り船が沖から帰ってくるときにアテにするのだという。

なお初冬のころ西に傾きはじめた「アンドロメダ座」の足下近くにも小さな二等辺三角形があり、西名では「さんかく座」、和名も「三角星」といい、むかしの農村では稲こきや石臼ひきなど夜なべ仕事のアテ星にしたという。

「オリオン座」の「三つ星」は初冬のころ、真東からきちんと縦一列となって現れ、やがて斜めになり、暮春のころには横一列となって真西の地平に没する。真東、真西に当たるのは、天の赤道に位置しているからである。「すばる」とともに農漁村ではそれぞれの作業のアテ星として仰がれた。「三光《さんこう》」とも呼ばれたのは、いかに尊ばれたかということである。関西では中央の星を孝行息子と見て、「親荷い星」といったそうだが、この名は「さそり座」の赤星アンタレスを真ん中にした三星にも与えられている。

三つ星の左上方には赤い一等星ペテルギウス、右下には白い一等星リゲルが輝いているが、日本ではペテルギウスを「平家星」、リゲルを「源氏星」と呼ぶ地方があった。しかし逆に、源平合戦にちなみ、赤が源氏、白が平家と決めているところもあったそうだ。こちらのほうが日本人の記憶としては無理がない。

三つ星は狩人「オリオン」の胴のくびれた辺りだが、その上下に四辺形を描き、「鼓星《つづみ》」と呼んだ地方もある。オリオンは鼓の飾り紐か。その名を告げた人は、右斜め上方の「すばる」を指して「かんざし星」といったそうだ。星空から鼓の音が聞こえてきそうではないか。

ずっと南の地平の辺りには、「南極老人星」「老人星」また「南極寿星」と呼ばれる、シリウスに次ぐ光芒をもつ「りゅうこつ座」の一等星カノープスが見られるはずだが、関東以北では見つけるのが難しい。一目でも拝めたら、健康で長寿にあやかれるという言い伝えがある。

逆に房州から遠州灘の漁民たちの間では「布良《めら》星」と呼ばれ、この星が出ると、必ず時化《しけ》になると恐れられた。布良は房州の地名である。遭難死した漁師の魂と見て、「入定《にゅうじょう》星」とも。他に「源五郎星」「源助星」「鳴門星」「横着星」などと多数の和名があり、伝承に富んだ星である。一度見てみたいが、海上では見たくない星である。

二十八宿

星の和名を網羅的に調べたいと思い、「逆引き広辞苑」の「ほし」と「せい」を引いてみたら、見慣れない星がずいぶん出てきた。「房宿《そいぼし》」「室宿《はついぼし》」「女宿《うるきぼし》」など、何であろう。星の宿であれば、天の星ではあるだろう。「広辞苑」には、それぞれ「二十八宿の一つ」と記されている。そんなわけで不可思議な名に興味をひかれるままに、以下記してみたい。

奈良県明日香村の高松塚古墳が一九七二年、発掘された。壁画に極彩色の人物や東の青龍、北の玄武、西の白虎（南の朱雀は欠）の獣神たち、それに星天井が描かれているということで、誰もが驚嘆した。古墳は七世紀末から八世紀初頭ころの貴人の墓と推定されている。さらに八三年、同地から二例目の大陸風壁画古墳であるキトラ古墳が発掘された。ここにも二十八宿図とそれ以外の星座が描かれているという。

二十八宿とは、中国起源の二十八の星座のことで、おもに黄道上にある。私たちには太陽は地球を中心に運行しているように見えるが、その見かけの天球上の大円を黄道という。惑星も月もほぼ黄道上を移動している。

インド起源では星座は二十七だった。それが唐代の中国に伝わり、『宿曜経《すくようきょう》』という星宿（星座）と七曜に基づく密教占星術の経典となった。これを日本にもたらしたのが弘法大師空海を始めとする僧侶たちだった。そのころ日本ではすでに星によって国家の命運を占い、祈禱を行っていた陰陽道《おんみょうどう》が公的に認められていた。宿曜道は一時期勢いをもったものの、やがて失速し、陰陽道に吸収されてしまったという。占星術には数理天文学を可能とする機材が必要だが、当時はそれが十分でなく、天体観測がままならなかったことが、すでに国家の信任を得ていた陰陽道の壁を崩せず、衰退していったおもな原因であるとする研究者もいる。

「星はすばる」と名文句を吐いた清少納言は平安中期の人だが、このころすでに二十八宿の星名は日本に伝わっている。和漢の学に秀でた清少納言のことだから、その名は耳にしていただろう。すばるは二十八宿の中に入っているが、出どころは関係がなさそうである。二十八宿は一人宿曜師の頭の中にだけ並んでいたのか。二十七宿から二十八宿に変更されたのは、大分後になってのことで、江戸幕府の天文方・渋川春海の改暦によるという。この人は「貞享暦《じょうきょうれき》」を作成した。星宿の名は節用集と呼ばれる実用辞書にも載っているということから、江戸時代には人びとの口の端に上っていたにちがいない。それは占いやお呪いのためだったのではないかと想像する。

明治以降、中国起源の二十八の星座は西洋の星座にとって代わられる。それは突然だったのか、何らかの出来事があったのか、それを示唆してくれるものがあったら、すごく面白いのだけれど。

実家では毎年、高島易断の冊子を求めているが、それによると、一白水星、二黒土星、三碧木星というように、自分の生まれた年月から導かれた星によって、その年の運勢が予告される。連れ合いの或る年の低迷運だけは当たった。

女性週刊誌には必ずといっていいほど占いのページがあって、そこでは生まれた月日によって十二の星座から割りふられた自分の星のところに、今週の運命とか、吉凶の方角とか、幸運を呼ぶ色などのご託宣が述べられている。これらの星座も黄道上に並んでいるのだが、私はあれが私の星座、と眺めたことがなかった。八月二十八日生まれの私は乙女座だが、それは乙女の性格を賦与する星だとばかり思っていた。乙女という名を誰かがひとかたまりの星に与えただけなのに。私には八月十六日生まれの友人がいて、彼女は乙女座に近い獅子座で、私は獅子座に近い乙女座だが、どちらが凶暴だろうかと他愛もないことを二人で笑い合ったこともあった。平安時代から江戸時代の日本人もこんなふうに、二十八宿は天の星ではなくて、占いの星、と見ていたのかもしれない。

さて二十八宿の星座は黄道を二十八に区分し、東西南北おのおのに七宿を割りふっている。渡来後、漢名をそのまま用いることはせず、多分宿曜師によって親しみやすい和名が考えだされた。当時の人びとがどのような名を付けたのか興味があるので、漢名、和名ともに以下に列挙してみることにする。和名はもともと暮らしの中で使われていた名もあるようだが、この漢名、この星のかたちから、どうしてこのような和名が生じたのか、すんなり分かるものは少ない。誤写や方言、死語になったことばもあるだろうし、ことばの森は深い。漢和辞典、国語辞典の他に巻末に掲げた参考文献にたすけられ、楽しく踏み迷った。

東方七宿

四神のうち、青龍に属している。おとめ座、てんびん座、さそり座を含むが、それらを長大な龍と見た。以下、和名の次に漢名を記す。

一　角宿《すぼし》　角《かく》

おとめ座の白い首星スピカを含む部分で、スピカはほとんど黄道上にある。

「すぼし」とは、すみぼしという意ではないかという説があり、二十八宿の始まりの星という意味があるか。

二　網星《あみぼし》　亢《こう》

おとめ座の辺り。漢名には咽喉という意味がある。青龍の咽喉のつもりだろう。「亢龍」は位を極めること。

三　氐宿《ともぼし》　氐《てい》

てんびん座の辺り。漢名を、龍の角の根元ととらえ、最初「もとぼし」だったか、という説がある。

四　房宿《そいぼし》　房《ぼう》

さそり座の西部。「そいぼし」は添い星と考えれば、次の「心宿」に添う星ということになる。中国の『緯書』に「彗星が房・心にいくのは天子死去の前触れ」とあるそうだ。

五　心宿《なかごぼし》　心《しん》

さそり座の赤い首星アンタレスなど。龍の心臓部と見る。

六　足垂星《あしたればし》　尾《び》

さそり座の尾の辺り。龍の長い尾。

七　箕宿《みぼし》　箕《き》

いて座の中の四辺形をいう。和名は一般には、いて座の中の南斗六星の枡形をいうそうだ。農機具の箕の形である。これは穀類を入れてふるうもの。

北方七宿

四神のうち、玄武（黒亀）に属している。いて座、やぎ座、みずがめ座、そしてペガスス座の大方形を含む。

一　斗宿《ひきつぼし》　斗《と》

いて座の中の南斗六星をいう。「斗」は、ひしゃくのこと。蘇軾《そしょく》の「赤壁の賦」に、「少焉《しばらく》して月、東山の上に出で、斗牛の間を徘徊す」とある。中国の人たちにとって星座は占いのためばかりではなかったことが分かる。

二　牛宿《いなみぼし》　牛《ぎゅう》

やぎ座の頭部。陰陽道ではこの星宿を忌んだ。和名は「稲見星」か。次の女宿と並んでいるところから、天の川のほとりの牽牛星を指しているとも考えられる。

三　女宿《うるきぼし》　女《じょ》

みずがめ座の一部。天の川のほとりの織女星を指しているか。しかしそれは黄道からかなり離れている。

四　虚宿《とみてぼし》　虚《きよ》
みずがめ座の中の二星。
五　危宿《うみやめぼし》　危《き》
ペガスス座とみずがめ座の星から成る四星。
六　室宿《はついぼし》　室《しつ》
ペガスス座の大方形の一部。
七　壁宿《なまめぼし》　壁《へき》
ペガスス座の大方形の一部。

西方七宿
四神のうち、白虎に属している。オリオン座の三つ星を虎の胴とし、四肢をひらいたかたちと見たか。アンドロメダ座、おひつじ座、すばる、おうし座、オリオン座を含む。
一　奎宿《とかきぼし》　奎《けい》
アンドロメダ座より下方の星々。「奎宿」「奎星」は、文章、文運をつかさどる星宿。「とかき」は斗搔。枡で穀類を量るときに、表面を均《なら》す棒のこと。
二　婁宿《たたらぼし》　婁《ろう》
おひつじ座の鈍角の三角形をなす星。「婁」は、女の巻き上げた髪をいう。たたらは足踏み送風器。ふいご。

三　胃宿《えきえぼし》　胃《い》
おひつじ座の別の三角形をなす星。白虎の胃袋の辺りか。
四　昴星《すばるぼし》　昴《ぼう》
すばるはおうし座のプレアデス星団。仲冬に南中する星。
五　畢宿《あめふりぼし》　畢《ひつ》
おうし座の首星アルデバランの辺り。「畢」は終わる意。中国の『三国志演義』に、蜀の軍師・諸葛亮孔明が星空を見て、「月が畢にかかりそうなので、ここ一ヵ月は雨が多い」と言う場面があるそうだ。
六　觜宿《とろきぼし》　觜《し》
オリオン座の一部。「觜」は、くちばしの意。
七　唐鋤宿《からすきぼし》　参《しん》
オリオン座の中央部の三つ星。「参」は数字の三。和名は三つ並んだ星が唐鋤に似ているところから。江戸時代の「俳諧類船集」に、「犂《カラスキ》星すばるほしぬかほしへついほしも星の林の数ならし」とある。「ならし」は「なるらし」の約。

南方七宿
四神のうち、朱雀（鳳凰）に属している。東西に長いうみへび座を鳥の姿に見立てているというが。

一　井宿《ちちりぼし》　井《せい》
ふたご座の一部。「井」は井戸、井桁の意。
二　鬼宿《たまおのほし》　鬼《き》
かに座の中心部の辺り。和名は青白く見えるところから。「たま」は魂か。
三　柳宿《ぬりこぼし》　柳《りゅう》
うみへび座の頭部。
四　星宿《ほとおりぼし》　星《せい》
うみへび座の胸の辺り、赤い首星を含む七星。和名は熱《ほとお》り星の意か。
五　張宿《ちりこぼし》　張《ちょう》
うみへび座の部分。「張」は、とばり、幕など。
六　翼宿《たすきぼし》　翼《よく》
コップ座の辺り。「翼」は、つばさ、たすける意。
七　軫宿《みつかけぼし》　軫《しん》
からす座の辺り。「軫」は、車の後部の床木《とこぎ》、車などの意。

驚くべきことに、星天井の中心の北極星の辺りには、「帝」や「太子」「後宮」などと名づけられた星々がある。これ以上の権威づけはないだろう。この「天上の思想」は日本の宮廷にも影響を及ぼすことになる。

弘法大師伝説の星

四国八十八ヶ所巡礼はいまに根づく庶民信仰の文化で、弘法大師空海の遺徳を慕ってお参りするものである。「同行二人《どうぎょうににん》」という言葉があるが、これは一人で歩いても、お大師さまといっしょということである。弘法大師開基の寺院がほとんどだが、中には行基や修験道の祖といわれる役小角《えんのおづぬ》による山寺もある。

十年前にいまは亡き連れ合いと四国八十八ヶ所を七十五日かけて歩き遍路をしたことがあるが、結願《けちがん》して後、再び歩くこともないだろうと思っていた。ところが並の苦労ではなかったはずのこの旅のよさが事あるごとに思い出され、連れ合いは「七十歳になったら、も一度お遍路に行きたい」と言うようになった。実際に行ける体力が残っていたかどうか心もとなかった。希みだけかもしれなかった。そして連れ合いはあと半月で七十歳というとき、急逝したのだった。

翌年の春、あんなに行きたがっていたのだから、と私は連れ合いの遺影と金剛杖の鈴をリュックに入れて、五日間だけの日程でお遍路に出かけた。「同行三人」である。むかし見た風景に接するたびに胸が痛み、私は自分をつらくするために旅に出たのか、と自分で自分をいぶかしんだ。ところが不思議なことに数日経つと、快活な気分で歩いている自分を見出したのだった。

そんなわけで、毎年五日間くらいお遍路に出て、九ヶ所ほどの札所を区切り打ちすれば、十年で結願することができると思い立った。今年は三年目。四月二日、前回打った十九番札所の立江寺《たつえじ》まで、徳島の従姉夫妻が朝、車で送り届けてくれた。この人たちがいてくれるので、私も決心というか二度目の発心をすることができたのだった。

立江寺の奥之院と称される「星の岩屋」という霊場がお寺から十二キロほどのところにある。標高二五〇メートル。案内板によると、中津峰山（標高七七三メートル）の中腹にあり、この山の上には星の供養のために建てられたという天津神社があるそうだ。星の供養とは何だろう。奥之院まで訪ねる余裕はなかったのだが、「星」という字が気になって、杖を曳くことにした。そこは大きな岩窟で、天井から絶えず滝の水が落下しており、修行僧はその前で読経したとか。

徳島の清らかな桜を眺めながら、一人山道を登ってゆく。標高二五〇メートルなら大したことはないと思ったのが甘かった。下り坂になったところに「星の岩屋」と書かれた標識があり、上りの矢印がある。標識の前に細い上り道があるので、そこかと思い、登ってゆくと、果樹園だった。ではこちらかと思って別の道を登るが、ここも金網が張られた果樹園だった。はたと思いつき、坂を下ると、「星の岩屋」と大書された看板の横に登りの舗装道路があった。もう夕方になっていた。登ってゆくと、「あと一キロ」の案内があったが、山道の一キロは私の足では三十分だろう。断念せざるをえなかった。

へんろみち保存協力会の本によると、延暦十一（七九二）年、弘法大師が秘法を修し、悪星落下を祈禱した場所が「星の岩屋」だそうである。また立江寺から四キロ南にある取星寺《しゅしょうじ》も奥之院だそうだが、ここに落下させた星体（隕石か？）を納め、堂宇を建立、本尊と妙見大菩薩を刻んで安置したという。妙見大菩薩は北極星の神格化されたものといわれる。「星の岩屋」から下ってゆくと、星谷《ほしたに》という地名があり、星谷寺というお寺もある。天津神社の「星の供養」とは弘法大師によって落下させられた悪星の供養というよりは、星全体に及ぶいわば星祭りなのだろう。

弘法大師が渡唐したのは、延暦二十三年である。このとき真言密教の奥義を究め、『宿曜経《すくようきょう》』という占星書などを帰朝の折りにもたらしたという。「星の岩屋」で修行したのはまだ若いころで、天文や天変の知識があったかどうか。予備知識はおありになったのだろうが、この辺りの星まぶしには何か事件とか因縁があるような気もするが、皆目分からない。ちなみに『日本後紀』の延暦十一年の項を見てみたが、天変地異としては、雷雨、洪水、日蝕、大雪の他の記載はなかった。もっともこれは都周辺のことで、当時讃岐や土佐は配流の地であった。

翌三日は標高五〇〇メートルの山上にある二十番札所鶴林寺を打つ。一山越え、次の二十一番は五二〇メートルの太龍寺である。十年前には捻挫の足で登ったのに、弱気になり、ロープウェイに乗ることにした。眼下に崖の上で瞑想する後ろ姿の青年山岳修行者・空海像が見えた。ここで虚《こ》空《くう》蔵《ぞう》求《ぐ》聞《もん》持《じ》法《ほう》という真言密教の秘法を実修されたのだという。空海の主著『三教指《さんごうし》帰《いき》』に、「阿国大《たい》瀧嶽《りょうのたけ》」によじ登り、また「土州室戸崎」に修行した折り、「谷下惜響、明星来影」と記されている。「阿国」は阿波、「土州」は土佐。大師の修行に感応し、谷はこだまを返し、明星が姿をあらわした、としている。

下りは最近整備されてきたむかしの遍路道「いわや道・平等寺道」を歩く。ロープウェイから見えた空海像のある舎心ケ嶽に出る。写真を撮っていると、私の後から来たお遍路の男の人が「あそこまで行ってみた？」と像のほうを指さして聞くので、「とんでもない、命が惜しい」と答えると、「ぼくは行ってきたよ、お大師さまをハグしてきた」と言うので肝をつぶした。お大師さまもびっくりされたろう。お大師さまは明けの明星を拝礼しているので、東のほうを向いていられるようで、人びとは後ろ姿を拝むことになる。

「いわや道」は木を切り倒して作られたそうで、ずいぶん切り株があった。崖の上の狭い道は縁のほうになだれ、側の木にロープが渡されており、それに摑まって歩くのである。怖かった。登りは歩いても、下りこそロープウェイにすべきだった。不甲斐ないことにくるぶしの辺りの筋を傷め、翌日午後には足を引きずっていた。（全治二週間だった。）今年はここまでで帰京することにし、来年から高知県に入る。四分の一終えたわけだが、まだ、というよりは、もう、という心境になっていたことに驚く。結願と、寿命が尽きるのと二つながら、からまって見えてきたからか。

星にまつわる言い伝えはまだあった。

第六十番・横峰寺は西日本の最高峰・石槌山（一九八二メートル）の北側中腹に建つ札所で、開基は役小角。お大師さまが当所で厄除け星供《ほしく》の法を修めたと伝えられる。山門を出てすぐの峠に星ガ森という番外霊場がある。

十年前、私どもが横峰寺をお参りしたときは、冷たい霧が這っていた。麓の西条市内では桜が咲き始め、市内の札所で私は初めて父の末妹と対面を果したのだった。父も叔母ももうこの世の人ではない。

お遍路をしているときは、宿に着くと、疲れてはやばやとやすんでしまうので、じつは四国の星空を眺めたことはない。野宿のお遍路さんたちだけが、お大師さまが見上げた星を拝んでいるのかもしれない。

『枕草子』の星

清少納言の『枕草子』中の「星はすばる」という一節というか一文はあまりにも有名である。「すばる」といったら、いまは六つの星のマークをもつ車スバルや、一九九九年にハワイのマウナケア山頂に日本が設置した口径八メートルの天体望遠鏡SUBARUや、集英社刊の文芸雑誌の名を思い浮かべる方が多いと思うが、まず『枕草子』という方もいられるだろう。「すばる」ということばが欧米などからの外来語ではない証拠に、その文章を引く人も多いようだ。

星はすばる。彦星。夕づつ。よばひ星すこしをかし。尾だになからましかば、まいて。

とても響きがよくて、もっと続きを読みたいが、星についてはこれですべてである。この辺りは特定のテーマでもって事物を列挙するという方法がとられてい、「岡は」「降るものは」「雪は」「日は」「月は」と来て「星は」となる。「星」の後は「雲」。それぞれ第何段とかぞえるが、版本によって数字は異なる。一気に書いたような感じもある。

「星は」の段は、省略が多いので謎をはらんでいる。まずどうして「すばる」を一番に挙げたのか。初冬に入ると、宵の空の東の中ほどに、青白く、燐《りん》が燃えるように、ぼっと光って見えるが、目を引くという星ではない。ふつう真冬、まず目が行くのは、おおいぬ座の首星シリウス（和名青星）である。現在の東京の暗くない夜空にも光っている。

「すばる」という星の名だと星座早見表には見つからないこともある。西名はプレアデスといい、おうし座にある散開星団である。星団というからには一人輝く星ではなく、肉眼では六つの星が連なっている。「六連星《むつらぼし》」ともいう。ギリシア神話では、猟師オリオンに追われて星になったアトラスの七人の姉妹という。六人でなくて七人というのは、一人が彗星となって姿を消したとか。中国では「昴宿七星《ぼうしゅくしちせい》」といい、日本でも「七つ星」と呼ぶ地方があったそうだ。七という数字は聖数といわれる。

だがこういうことは清少納言がまず一番に「すばる」と唱えたこととはむろん関係がない。「すばる」は農耕漁撈《ぎょろう》生活においては役星で、三つ星の「オリオン」とともに注目を集めてきたようだが、宮廷の生活ではどの程度まで知られていたのか。「星の出入り」という名の風は、「すばる」と関係があるが、この風は貴族たちの上にも吹いたのかどうか。

どうも『枕草子』の星は文献から来ているのではないか。「すばる」という名はすでに「丹後国風土記逸文」の浦島伝説の条《くだ》りに見える（「七豎子《ななたりわらは》は昴星《すばる》なり」）。語源は、記紀にあらわれる神々の玉飾り、御統《みすまる》と見られている。ことばの響き、勢いも申し分なく、星々の筆頭に置くにふさわしいと思われたからではないだろうか。

次に記されるのは「彦星」である。西名「アルタイル」。わし座の首星。天の川のへりに輝いており、伝承も豊かで、注目されるのは不思議ではない。だが織女《たなばたつめ》はどうなったのか。西名「ヴェガ」。こと座の首星である。織女はひこぼしとは天の川をへだてて輝き、じつはこちらのほうがよほど明るい。またしても星の光よりは名前である。星の名としては「ひこぼし」のほうが織女よりも一般的だったからかもしれない。私も子どものころ七夕の笹に結ぶ短冊には「ひこぼし」と書いた。「牽牛」という字も「織女」という字も難しかったので。でも「おりひめ」とも書いたような気がする。

「夕づつ」は日没後、西の空に光る金星で、「宵の明星」ともいう。彦星があって、織女がなく、宵の明星があって、明けの明星がない。一つをもって二者を代表させたとも考えられるが。

さて悩ましいのは「よばひ星」である。これは「日本国語大辞典」等によれば、流れ星のこと。「よばひ」とは「呼ばひ」であり、流れた星が別の星に付くものと信じられていたようだ。「よばひ」は「婚」とも書く。求婚すること。「夜這」と当てれば、夜、恋人の寝所に忍んでいくことである。清少納言が「尾だになからましかば、まいて（尾さえなかったのなら、とりわけ素敵なのに）」と書いているのは、どういうわけか。流れ星の光跡を「尾」と見たのだろうが、「尾」がなかったら、流れ星ではないのである。「尾」のない流れ星というのもあるのだろうが、それは肉眼ではとらえられないほどの小さな暗い星だろう。

「尾」といえば彗星だが、清少納言が書いているのは、彗星ではなくて、普通の流れ星なのだろうか、という素朴な疑問が浮かび、旧知の元朝日新聞記者で、文化欄担当だったが、天文学に明るい白石明彦氏に教えを乞うた。白石さんは次のように返事を下さった。

「少し専門的な話になりますが、明るい流星の場合、流れた後に流星痕といいまして、細長い雲のような光の筋が短時間残ることがあります。これを『尾』と見ることもできますが、清少納言さんが流星痕を目撃したことがあり、それを尾に見立てたとはまず考えられません。

また、彗星は長い尾を引くから美しく見えるのであって、彗星に尾がなかったら、見かけは普通の星雲と変わりません。彗星は尾があってなんぼのものなのです。

やはり、清少納言さんはこのくだりを書きながら、流星と彗星を混同していたのではないでしょうか。」

やはり清少納言は言葉の人なのである。「夜這星」の名前がそぐわない、と批判的に言っているわけではなくて、夜這いならもっとひそやかになさいよ、あの派手な尻尾ときたら、どうでしょう、と呆れて見とれていたのかもしれない。もう少し踏み込んでいえば、「よばひ星」というのは流れる星のことですよ、とものを知らぬ人びとに教えてあげようとしたのではないか。清少納言は稀に見る機知縦横の才女だが、ちょっとそれが鼻につくところはある。当時の人びとがどのくらい星についての知識をもっていたかも知りたいところである。

野尻抱影氏や他の方々の著作から、私はこれらの星々の出典を知った。それは『倭名類聚抄』である。『枕草子』が書かれる六十年ほど前、歌人源《みなもとの》順《したごう》（九一一～八三）が醍醐天皇の息女・勤《いそ》子《こ》内親王のために書いた、百科事典的国語辞典である。

孫引きするのはよろしくないので、同書を探すことにした。近くの本郷図書館で検索してみると、やはり本郷の、自転車で行ける距離の真砂図書館に写しがあることが分かった。地図で見ると、本郷通りから菊坂を下りていって左に入った辺りにある。菊坂には樋口一葉が通ったという伊勢屋質店の土蔵が残っている。二人の女性作家が私の頭の中で星となって明滅した。街の地図には等高線はない。炭団坂という急な石段のわきを自転車をうんうん押して上らなければならなかった。空にも坂はあるのかな、などとつまらないことを考えながら。

係の方に教えられて手にとった本は漢文で、なるほど見出しに、順に「明星」「長庚」「牽牛」「織女」「流星」「彗星」「昴星」とある。説明文の初めに「兼名苑云」などとあるのは、中国伝来のことばであることを表している。読み方は順に「阿加保之《あかほし》」「由布都々《ゆふつつ》」「比古保之《ひこほし》」「太奈波太豆《たなはたつ》女《め》」「与波比保之《よはひほし》」「波々岐保之《ははきほし》」「須波流《すはる》」である。驚いたことに「明星」「長庚」「流星」「昴星」の説明文に「枕冊子」の書名があるので、混乱してしまったが、この本は後世に上梓された『箋注倭名類聚抄』といって、注釈書だった。

清少納言は夜空を頭に描いて「星は」と書きはじめたのではなかったらしい。彦星と織女の区別もつかなかったのではないか。『倭名類聚抄』の中から気に入った星々を挙げていったのだろう。明星《あかぼし》、織女《たなばたつめ》、彗星《ほうきぼし》は落とされてしまった。

いまでこそ私たちは星座早見をもっているが、平安時代にはそんなものはなかった。『倭名類聚抄』の中に星をたずねることしかできなかったのだ。後世「星はすばる」がこれほど喧伝されるとは、才女も想像しがたかっただろう。こんな想像をするのは不届きだが、もしも「星はあかぼし」

と書き始めたのだったら、なんだか梅干しみたいだし、人の記憶にとどまることはなかっただろう。言語感覚の素晴らしさはやはり有無をいわせないものがある。

じつは『枕草子』中に星はもう一ヵ所あらわれる。「名おそろしきもの」としてくくられるものの中に「ほこ星」がある。一説に北斗七星の第七星とするが、形状からして彗星のことだろう。ほうき星とも呼ばれた。

一茶の「わが星」

江戸時代、旅する俳諧師はよく夜空の星を見つめた人たちだったろう。信濃の人、一茶は幼いころに母親を失ったために、面倒をみてくれていた祖母の死後、十五歳（満年齢、以下同様）で江戸に奉公に出された。仕事の合間に俳諧の道を知って志し、やがて俳諧師として諸国を行脚するようになる。根なし草の暮らしは、五十歳になってようやく古里に安住の地を得るまでつづいた。

ちゝ母は夜露うけよとなでやせめ

文化元（一八〇四）年七月七日の作。四十一歳。七夕の夜だから星迎えをしようとして自分は夜露にぬれているわけではない。いつものことである。〈父母は夜露をうけよと頭をなでて育てはしなかったろうに、この体たらくだ、とわが身の不遇をかこつ一茶である。

「文化句帖」に「今宵星祭《ほしまつる》夜なれば二星の閨情《けいじやう》はいふもさらにして、世に人の祝ひ大かたならず。」と記している。一茶は数日前に上総《かずさ》（千葉県中央部）富津《ふっつ》を訪れている。七夕祭りは上総でも大々的に行われたようだ。同年七月二十九日には「笑ふ星あり、うらむさまあり。皆それ〴〵哀楽はかの思《おもひ》にありて祭らるゝ星なるべし。我星は、」と書いて中断している。笑う星は笑う人に、うらむ星はうらむ人に、祀られているにちがいないというのだろうか。芭蕉の『おくのほそ道』に「松しまはわらふがごとく、象潟《きさがた》はうらむがごとし。」とあるが、この文が念頭に浮かんだか。

ところで自分の星はどんな様子をしているのかを書こうとして、一茶は口をつぐんだようだ。まだ俳諧師として名をなしていないおのれの行く末を考えると、胸がふさがったのか。

一茶は「我星」と呼ぶ星をもっていた。その星はあの星と定めている星なのではなく、漠然と「我星」があると思っていたようだ。七月七日には次の作もある。

我星は上総の空をうろつくか

上総富津には女弟子の花嬌とその子・子盛がいた。七夕前夜、夜通し念仏踊りが行われたという。星が上総の空をうろつくなどは、現代人からすると、どうしてそんなことが考えられるの、といったところだろう。地球から星までの距離は、いちばん近い惑星の金星でも四千万キロ以上だというのだから。肉眼でとらえた星が時間が経つにつれて傾いてくるのを「うろつく」と表現した。あるいは自分の目がうろついていたか。この日、「我星」は頭上にあって、自分が上総にあれば星も上総にいるのだった。よかったね。月が自分についてくる感覚を大人になってももっているのだ。

我星はどこに旅寝や天の川

享和三（一八〇三）年の作。四十歳。一茶は自分の星を探している。どこかで旅寝でもしているのか見当たらないが、天の川が照り輝いてきれいな夜だ、旅寝も悪くなかろう、といったところか。「我星」はどうも気ままで、自分を見守ってくれている星のようではない。

我星は年寄組や天の川

文化十一年作。五十一歳。自分の星も自分と同じに年を取っていく。星も年を取るとは、現代の科学者が言いだしたことではなく、江戸の一俳諧師の洞察である。

この社会と相似形のものが空にもあって、そこで星が生活している、その中には自分と同類項の星もいるという感覚だろうか。現代人からみれば子どもっぽい発想だが、星の正体も何も分からない時代である。月や星は神秘的なものとして敬うのが一般人の感覚だと思うが、一茶はそうではなかったようだ。俳諧師のちょっとちがったものの見方である。もう一句だけ「我星」の句を見てみよう。

我星はひとりかも寝ん天の川

文政五（一八二二）年作。五十九歳。一茶は妻きくとの間に、この年男の子を得たが、それまでに生まれた三人の子をみな亡くしている。天の川の二星の心躍りは一茶になく、「我星」もそっぽを向いて寝ているだろう、と詠む。孤独な俳諧師の心をもった星である。「ひとりかも寝ん」は、藤原良経の「きりぎりす鳴くや霜夜のさ筵に衣片敷きひとりかも寝む」を踏んでいるだろう。
文化二年七月六日には江戸上野池ノ端で鈴木道彦（寛政の三大家の一人）の句座に出筵している。

星待《まつ》や亀も涼しいうしろつき

この句に二重丸が付けられている。亀が首をのばして夜空を見上げているのだろう。首のあたりが涼しそうだ。一茶には小動物や虫と七夕との交歓を詠んだ句が他にもあって、いずれも愛らしい。

しやん〳〵と虫もはたおりて星迎
星の歌よむつらつきの蛙かな
鳴《なく》な虫別るゝ恋はほしにさへ

一句目は織女伝説にちなむ。織女の和名は棚機津女《たなばたつめ》、また織姫である。「しやん〳〵」と鳴くのは機織虫《はたおりむし》、つまりキリギリスか。この句の生命は擬音の愛らしさにある。
二句目、蛙の無表情な、けれども大きく目をみひらいている顔つきを、いっぱし星の歌でも詠みたそうではないかとからかっている。そう言われてみると、蛙の目に星が宿っているように感じられなくもない。

三句目、星合には、「星の別れ」が付いてくるが、一茶にかかると、やけに身にしむものとなる。「星にさへあいべつりくはありにけり」「星の御身にさへ別れ〳〵哉」など、一茶の「我星」もしんみりしていよう。「あいべつりく」は愛別離苦。仏教の八苦の一つ。

一茶は神妙に星迎えをしていたのではない。二星に蚊やりを奉るという思いつきが気に入ったらしく、四句も作っている。童心というか、やんちゃというか、向こう受けをねらったというか。大きなお世話をして、楽しんでいる。

七夕にとゞきもすべきかやり哉
七夕に我奉る蚊やりかな
七夕の閨《ねや》にとゞけとかやりかな
星合の閨に奉る蚊やり哉

「我星」を探す人は、星々を素直に拝んだりしない。人びとに崇められる対象についてはへそを曲げ、背中を向けるのが一茶である。「づぶ濡の大名を見る巨燵《こたつ》哉」という有名な句などがあり、そこには冷やかな視線が感じられる。一筋縄ではいかない人である。

お行儀の悪い句もある。

をり姫に推参したり夜這星《よばひぼし》
寝聳《ねそべつ》てふんぞりかへつて星迎
ふんどしに笛つゝさして星迎
髪のない天窓《あたま》並べて星迎
歌書《かく》や梶のかはりに糸瓜《へちま》の葉

一句目、「夜這星」とは流れ星のこと。清少納言が「よばひ星すこしをかし」と上品に眺めた星である。この句は少しえげつない。

二句目、三句目は庶民の夏姿である。四句目はけっして無礼ではないが、星迎えなど笑いのめしてしまいたいのだ。

五句目、梶の葉はコウゾの葉のこと。平安時代には貴族たちは七夕の夜、梶の葉七枚に芋の葉から集めた露で歌を書き記し、星に捧げ、詩歌管弦の宴を張った。梶の代わりにヘチマとは、庶民的もいいところである。

愛らしい句もある。

片脇にわにておはすやちさい星
御揃ひや孫星彦星やしやご星

一句目、「片脇」とは織女のかたわらのことで、「わにて」は輪にて、の意味だろうか。織女が左右に子どもを二人連れていると見る地方もあるそうだ。江戸時代の人は目がよかったから、小さい星まで見えたのだろう。

「孫星」「やしやご星」は一茶の造語だろうか。「彦星」から出たことば遊びである。

最後にたくまずして一茶の境涯が表れた句を一句掲げよう。

うつくしやしやうじの穴の天の川

文化十年の句。五十歳。この年古里へ帰れる手筈が整ったのだが、七月は病臥していた。美しいものと自分との間にはつねに彼我の距離があって、越えられぬ、という思いを深くしているようだ。障子の穴のこちら側から見ている一茶は、夜露にぬれている少年一茶のままである。

しかし一茶は打ちのめされず、「我星」とともに、うろついたり、旅寝をつづけるつもりだ。「我星」がいたから、孤独ではなかった。

Ⅲ

私の『星の王子さま』

一九四三年に刊行されて以来、世界的ベストセラーとなったフランスの作家・サン＝テグジュペリの、大人のための童話『星の王子さま』は私の鍾愛の本である。

なぜこんな美しい本があるのか、いまでも不思議である。童話にはこの世の事情から遠くないものもあるし、いかにも不思議な話もある。『星の王子さま』には両方の要素があって、その両世界を生きる主人公が、子どもであると同時に大人であり、この世にやって来た、この世の人ならざる人である。サン＝テグジュペリは飛行家、冒険家でもあった。この本に記されたような不時着の経験もあった。第二次世界大戦末期の四四年、南フランス沖でドイツ軍戦闘機によって撃墜されたらしい。

この本の原書を買い求めたのは、フランス文学科に在籍していた大学生のときだったから、もう五十年のむかし。渡辺守章先生がラボでジェラール・フィリップの朗読を聞かせてくださった。深い声がまだ耳の底にある。

私は女子学生らしからぬ怠け者で、恥ずかしながら、この本が読み通したただ一冊の原書になった。著者の手になる挿絵も洒落ていて、辞書を引きひき、本の欄外に鉛筆で意味を記しながら、フランス語のひびきを追った。

世の中には内藤濯訳が出ていたが、怠け者のくせに私には依怙地なところがあって、日本語に訳されてしまうと、私の「星の王子さま」が消えてしまうような気がして、日本語版は買わなかった。もっともこの本の題名 *Le Petit Prince* の直訳は「小さな王子」であるが、内藤訳の邦題は非常に喚起力に富むもので、この国に定着したといえるだろう。だから私も彼を「星の王子さま」と呼ぶ。

この本を解説するくらい、無力な仕事はないのではないだろうか。一ページでも一行でも、あるいは著者の描いた絵を見るだけでも、そのほうがずっと雄弁なのだから。解説ではなくて、感想を記してみる気になったのは、ずっとあの本が本箱のあのへんにあると思っているだけで、長い年月ちゃんと向き合ってこなかった自分を責める意味がある。大した言葉が引き出せないとしたら、私は「星の王子さま」を忘れて生きてきた、自分勝手な大人に過ぎなかったということだ。

王子さまの住んでいる星はとても小さい。人は彼一人だけである。あとは人のことばをしゃべる花。王子さまは日が沈むのを見るのが好きだ。座っている椅子をちょっとずらすだけで、見たいだけ夕日を眺められるのだ。悲しいときは一日に四十三回も見た。私はこの話が気に入って、若いとき、こんな詩を書いた。

椅子

今年の正月は　二度も夕日の沈むのを見た
夕日の沈むのをもう一度眺めるために
椅子の位置をずらしていった　プチ・プランスの
話を思い出した

この浜辺に
見えない椅子が　しつらえられている

まったく若気の至りだが、この詩を読んで意味が分かった人は何人いただろう。「プチ・プランス」って誰だろう、知ったかぶりをして外国の詩人だか映画俳優だか誰だかの名前なんか書いて、気取ってること、と思われるのがせいぜいだったろう。でも「プチ・プランス」と書かないで、「星の王子さま」と書いたら、甘ったるい詩になるし、それはいやだったから、下手な韜晦《とうかい》をしたのだった。

若かった私は、その浜辺を「星の王子さま」の星にしたかったのである。じっさい古里の海の水平線の彼方に、いっとき空も海も紅に染めて沈んでいく夕日は、何か禍々しい贈り物のようでもあった。夕日を見るための透明な椅子が、浜辺に何脚も並んでいるような情景を幻視した。これも読み取ることは困難であろう。

ところで「王子さま」の星は小惑星B―612だという。著者は、数字を出すのは、大人を納得させるためだ、と愉快な防戦を張っている。小惑星といえども惑星だから、太陽の周りをまわっている。だからそこから日の出や日の入りを眺めることができる。恒星は燃えさかる水素ガスなどの玉だが、惑星は鉄や岩石や氷から成る。いまのところ生命を育む惑星は見つかっていないのだが、遠い遠い将来、惑星探査機が、あれが「星の王子さま」の星と見られる、と発信したりして……。

さて王子さまは自分の星に咲いた一りんの花とのいざこざから、古里を捨てて他の星々を巡歴することにした。周囲には小惑星325、326、327、328、329、330がある。それぞれ一風変わった人が住んでいたのである。

最初の星には王様が住んでいた。日が沈む刻限になると、日よ沈め、と命令する王だった。命令したいのだった。

二番目の星にはうぬぼれやが、三番目の星には大酒飲みがいた。酒を飲むのが恥ずかしい、それを忘れるために酒を飲むのだ、と言う。当時の私の男友達は彼に大いに共感していた。こんなふうに『星の王子さま』は仲間たちにひっそりと、しかもしっかり読まれていたのだった。

四番目の星はビジネスマンだった。足し算をしながら、五億の星の数をかぞえ、それを銀行に預けようとしていた。

五番目の星には点灯夫が住んでいて、一分間に一度、灯をつけたり消したりしていた。

六番目の星は地理学者の星だった。地理学者は自分で探検しないで、分厚い本を書いていた。この人が、地球を訪ねてみたら、と言ってくれたのだ。

それぞれの挿絵とあいまって、星の人たちはそれぞれの職能や個性を短い会話の中で明らかにする。誇張されているゆえに滑稽な人もいる。誰もが孤独だが、自足しているところがいい。


さて七番目の星は地球だった。王子さまが降り立ったところはアフリカの砂漠だった。彼は謎の蛇に出会う。それから知恵者の狐に出会う。彼は王子さまのことが気に入って、ぼくを〈Apprivoiser〉してくれ、とたのむ。この意味は、飼い馴らす、手なずける、なじませる、といったところである。このことばは人ではない者に向けてつかわれるようだ。著者は人間のほうがえらい、とは考えない人だが、日本人の私にはちょっと違和感があって、狐には言わせたくないことばである。王子さまは狐に餌になる鶏を上げられるわけではないので、彼を飼い馴らすわけにはいかない。狐の説明だと、「関係をつくる」ということである。「仲良くしてくれ」と狐がたのむのも、ちょっと弱い。仲良しという関係は、ごくゆるやかなものだから。狐はある契約をのぞんでいたかもしれない。それはどういう日本語になるだろう。「ぼくの兄貴分になってよ」とか「ぼくの弟分になれよ」というくらいの強い気持ちだったかもしれない。でもこれらは品性に欠ける……。

後に王子さまは不時着した飛行機のそばにいる操縦士の「私」に出会ったとき、「ぼくの友達の狐」「ぼくの狐」と狐のことを言っている。狐は格上げしてもらえたようだ。

よく引かれる狐の教え、「大切なことは目に見えない」ということばは、物質が基盤だと考えやすい現代人には爽やかな風のようだ。では大切なこととは何かといったら、それによって心がうるおうことだと、いまの私は考える。幼いころは大切なことがたくさんあったような気がする。ただそれらには目に見えるものが介在していた。母や父や弟や砂浜や島鯛の子どもや夕焼けや毒クラゲや天の川や……。

星の王子さまは仮の肉体をもっているだけで、水を必要としてはいないのだが、「水は心にもいいものかもしれない」とつぶやく。それから名言を吐く。「砂漠が美しいのは、井戸を隠しているからだ、どこかに」と。この物語のハイライトは砂漠に井戸を見つける場面である。

私はアフリカのナミブ砂漠に行ったことがあるが、タクシードライバーの青年は砂の上から薬莢《やっきょう》を拾い上げ、また小動物の糞を指さして、何がここで起こったか、何という動物がここに来たかを教えてくれた。まったく砂漠は何もないようでありながら、いろいろなものを隠していた。ちょっと踏み込んだだけでも、神秘的ですらあった。

王子さまが地球に降りてきて一年後、ちょうど頭上に古里の星がめぐってきた夜、謎の毒蛇によって王子さまは重たい体を脱ぎ、元の星へと向かうのである。星の王子さまという魂の話であることを読者は知るのだが、読者は大人だから、王子さまはどうやって星めぐりができたのだろう、などという疑問は抱かない。

星空ぜんたいが鈴をふっている。その中に小さな金髪の男の子の笑い声もまじっていただろう。

砂漠の中のありうるかもしれない井戸は、心の水をたたえている。この本は星空の讃歌でもあるが、水のある地球という星へのなつかしさを込めた挨拶でもあろう。それは地球を離れんとする瀕死の操縦士の抱いた思いである。王子さまに地球を勧めた地理学者は「評判のいい星だ」と語っていた。この本が書かれた一九四三年は戦乱の世だったが（私は一九四四年に生まれた）、遠い星の地理学者の知識では、はるか前の平和な世界だったか。それとも未来形の祈りか。

大人が自分の中の子どもと対話してできただけの話ではない。

金星、明けの明星、宵の明星

金星について近年テレビや新聞でニュースになったことといえば、日本の金星探査機「あかつき」のことだろう。二〇一〇年五月に打ち上げられたが、エンジンの故障により、金星の周回軌道に入ることができなかった。五年後の一五年十二月、再び金星に近づいた時点で軌道投入に成功した。二〇一〇年六月の小惑星探査機「はやぶさ」の感動的な帰還もあって、探査機は冒険する生きものででもあるかのように、私たちははらはらしながら結果を待つことになる。

金星と地球の大きさはほぼ同じくらいだそうだ。しかし環境はまったく違っていて、金星は摂氏四六〇度という高温、地表では九〇気圧という度しがたい高気圧の上に、ほとんどが二酸化炭素である大気の上層部には秒速一〇〇メートルの風が吹いているという。これでは生きものは住めない。住めると思った人もいなかっただろうが。

金星は太陽系の第二惑星であり、地球は第三番目。したがって地球よりも太陽に近い。この位置関係から、地球に住む私たちにとって金星は太陽と月の次に明るい天体ということになる。金星が真夜中の空にかかることがないのは、太陽とは四八度以上離れずに周回しているからだそうだ。明け方の東の空に見えるときは「明けの明星」といい、西の夕空のときは「宵の明星」という。大きく光っているが、またたかない星だったら金星である。恒星はまたたき、惑星はまたたかない。そのわけは恒星は自ら輝くゆえかと思ったが、非常に遠くにあるので、大気の揺らぎの影響で、ちかちか見えるのだという。また恒星は互いの位置関係が決まっているが、惑星はそうでないので、星座早見表に載せることができない。

「明けの明星」「宵の明星」というような名前の付け方だと、一つの星の二つの現れようであることを認識していたと思われるが、別の星だと考えられていた時代もあったようだ。古代中国では本来は「明けの明星」を「啓明」、「宵の明星」を「長庚」または「太白」と称したが、のちに総称して「太白」、または五行説によって金星とも呼ばれるようになったという。二星ではなくて一星であることが周知されたのかどうか、それは分からない。「長庚」の名は源順の『倭名類聚抄』に見える。読み方は「ゆふつつ」つまり夕ずつである。同書にはいちばん先に「明星」があって、これには「あかほし」と読み方が記されている。次に「長庚」。

唐の詩人・李白誕生のとき、母がふところに白銀に光る太白星が入った夢を見たので、字を太白とつけたという話がある。大詩人の母は壮大な夢を見るものである。『李太白文集』がある。

「明けの明星」「宵の明星」をうたった詩を探してみた。童謡詩人・金子みすゞ（一九〇三〜三〇）にありそうだと思って、詩集をめくっていくと、あった。この孤独な詩人には月や星の詩が多い。「舟のお家」という五連の詩の二、三連を以下に引く。

荷役《にやく》がすんで、日がくれて、
となりの舟の帆柱に、
宵の明星のかかるころ、
あかいたき火に、父さんの、
おはなしきいて、ねんねして。

あけの明星のしらむころ、
朝風小風に帆をあげて、
港を出ればひろい海、
靄《もや》がはれれば、島がみえ、
波が光れば、魚が飛ぶ。

舟を家とする人びとが日本にもいたようだ。みすゞは山口県仙崎村（現長門市）に生まれた。少女時代は鰯《いわし》漁が盛んだったが、この舟は魚を捕る舟ではなく、「荷役がすんで」とあるから、何かの運搬船かもしれない。星は海原で時刻を知らせるのである。「帆柱に、／宵の明星のかかるころ」は、明星が間もなく地平に沈み、とっぷりと暮れ、千も万もの星が輝きだす合図の時刻を、「あけの明星のしらむころ」は、朝の始まりを知らせる。

一連目には「舟のお家はたのしいな。」、五連目には「舟のお家はうれしいな。」という子どものことばがくり返される。五連目には「汐で炊《かし》いだ飯《まゝ》たべて、」という手ざわりのあることばもある。沖へ行けば海の水は透明になるし、その水を吸ったお米は絶妙の塩加減にちがいない。私もこんなふうだったら、というみすゞの心が躍動している。

「夕づつ」という美しいことばはすでに『枕草子』にあるが、以下に引くのは明治生まれの歌人・詩人・武島羽衣の「夕づゝ」より。

あはれ向へばわぎもこと、
　たゞに相見るこゝちして、
清くすゞしきそのまみの
　見れどもあかぬ夕づゝよ。

羽衣は年配の人なら誰でも知っている「美しき天然」や、「春のうららの隅田川」と歌い出される「花」の詩人である。「美しき天然」は田舎の町にかかったサーカスのテントの中にひびいていた。大町桂月らとともに美文家として知られた。この詩も「夕づゝ」や「わぎもこ」(吾妹子)という古く美しいことばによりかかり、実感に乏しい。これを短歌形式にしたら、いくらか情感がこもるのではないかと思ったが、歌人ならぬ身、やはりうまくいかない。「わぎもことたゞに相見るこゝちして清くすゞしき夕づゝのまみ」とか。

「夕づゝ」でじつは私が思い出すのはギリシア最大の女性詩人サッポー（前六一二ころ〜？）である。呉茂一訳。

夕星《ゆふづつ》は、
かがやく朝が（八方に）散らしたものを
みな（もとへ）連れかへす。

羊をかへし、
山羊をかへし、
幼な子をまた　母の手に
連れかへす。

もうみんなそれぞれの塒《ねぐら》にお帰り、と急がせるのでもなくうたっている。非常に古い詩なのに、なんてなつかしいのだろう。サッポーはエーゲ海のレスボス島に生まれた。女性同士の愛をレスビアンというのはそこから来たという。彼女は訓育した少女たちに愛情を注ぐばかりだったのが、後世歪曲された。夫との間に娘が一人。
古代ギリシアでは夕の金星と暁のそれを別々の名で呼んだという。どのようなギリシア語なのか、聞いても私には感覚がつかめないが、「夕星《ゆふづつ》」は大きな優しさをもつ星の和名としてふさわしいと思う。
最後に「金星」の詩を掲げよう。日夏耿之介（一八九〇〜一九七一）の「魂《たましひ》は音楽の上に」より。

鳴呼《ああ》　わが七情をばかの積雲の上に閃《ひらめ》きいづる
賢《かしこ》き金星に鉤掛《かぎか》け
肉身は四月の夜の月光の香気中《にほひもなか》に溶解《とけ》しめよ

日夏耿之介は高踏的、幻想的な詩風で知られる象徴主義詩人にして、学匠詩人である。「七情」は七つの感情。仏教でいうと、喜・怒・哀・楽・愛・欲・悪だが、他の教典が念頭にあるかもしれない。金星の「鉤」は、この星が月と同様に満ち欠けするからで、三日月のようになった金星をいうのだろう。満ち欠けを発見したのはG・ガリレイだそうだ。金星が「賢き」というのは、それが人の煩悩から離れたところにあるのは当然だが、讃美の気持ちを込めているのだろう。「肉身」に「み」とルビをふっている他の詩を見たことがある。夜空にわが身がとろけてゆくような感覚は、法悦に近いかもしれない。

火星人

二〇一七年二月一日、午後七時のNHKニュースの前の気象情報を見ていたら、いま西の空に月と金星と火星が一堂に会して見えます、と映像とともにアナウンスがあったので、急ぎ二階に駆け登り、窓を開けてみた。金星は非常に明るい星なので、もちろん東京でも見える。舟のかたちになった三日月の上のほうに小さな赤い星が肉眼で見えた。これまで、あれが火星、と眺めたことがなかったので、うれしかった。ずいぶん小さいのだな、と改めて思ったことだった。地球からの平均距離は七八三四万キロ、質量は地球の約九分の一ということである。

一八七七年、南の空に現れた明るい星はじつは火星だったが、「西郷星」と呼ばれた。この年西郷隆盛は西南戦争に敗れて城山に自刃するのである。

一九五〇年代、私の子どものころは火星には火星人という人種というか超人が住んでいるとされ、漫画などに描かれていた。タコのように手足が何本もあり、防毒マスクをかぶったような顔なのだ。このイメージは一八九七年にイギリスのSF作家H・G・ウェルズの小説『宇宙戦争』によってもたらされたものだという。頭脳が異常に発達しているわりには、重力が小さいので手足が未発達というわけであるらしい。私には皆目分からないが。

谷川俊太郎が第一詩集『二十億光年の孤独』を刊行したのは一九五二年である。この中に火星人が出てくる詩がある。表題作だが、中ほどの部分を引用する。

火星人は小さな球の上で
何をしてるか　僕は知らない
（或はネリリし　キルルし　ハララしているか）
しかしときどき地球に仲間を欲しがったりする
それはまったくたしかなことだ

万有引力とは
ひき合う孤独の力である

この詩を書いたとき谷川はまだ十代の少年だった。この詩の火星人は地球人とはまったくちがった生活をしているらしい。だから詩人は火星人のふりをして「ネリリし　キルルし　ハララしているか」なんて言ってみる。谷川は彼らに親愛感をもっているらしい。谷川自身もどこか遠くの星からひとりやって来た異星人のように見られているが、ご自分でも到り着いたこの星に違和感を抱いているところが多いのではないだろうか。

一九六四年、火星探査機マリナー四号が打ち上げられた。七五、六年にはバイキング一、二号による火星生命探査が行われた。二〇一二年、マーズ・エクスプレスが打ち上げられ、水とみられる層の存在も分かってきたが、生命を検出することはできなかった。

しかしこの詩の中で火星人はいつまでも愛らしく「ネリリし　キルルし　ハララし」つづけることだろう。

アメリカのSF作家レイ・ブラッドベリが彼の最高傑作『火星年代記』を書いたのは一九五〇年であるから、この作品も、火星には火星人がいるかもしれない、と思われていた時期に世に現れたのだった。若いころ私はブラッドベリの本を夢中で読んだが、この『火星年代記』を読み返してみて、まったく新しい興奮をおぼえた。じつは読んでいなかったのか、あるいはSF文学は完全に内容を忘れさせてしまう文学なのか、と思ったくらいだ。忘れさせてくれるのも悪いことではない。

目次は年表となっているが、最初に近未来の数字として「一九九九年一月　ロケットの夏」と記されていた。しかしその年代を通り越してしまっても、この本の生命は終わらなかったので、それを「二〇三〇年一月　ロケットの夏」と改め、その後の年代を三十一年ずつ繰り下げる新版が刊行された。現在この国で流布しているハヤカワ文庫版（二〇一〇年）も新版である。未来形に現在形が追いついて、過去形になってしまうほどに本が長生きしてしまったのである。そうこうしているうちにまた三十一年繰り下げることになりはしないか、と危ぶんだが、ブラッドベリは二〇一二年九十一歳で世を去った。数字はいまのまま凍ることになるだろう。

私たちは宇宙のどこかに地球と同じような組成をもつ星が存在し、そこに生物が住んでいて、いつか彼らと交信できないかという夢をあきらめていない。交信できたら、人生観も死生観も変わることだろう。

ブラッドベリの描いた火星人はどんなふうだったか。ハヤカワ文庫の小笠原豊樹訳から引用する。

二〇三〇年二月の記述。

「真正の火星人らしい茶色がかった美しい肌と、黄色い貨幣のような目と、やわらかい音楽的な声のもちぬしである。」

彼らはタコ型ではなく、人間型。黄色い目が異星人らしい特徴であるといえようか。

二〇三〇年八月、地球からロケットに乗ってやって来た二度目の探検隊が火星人の家のドアを叩く。現れた火星人の女性はテレパシーで完全な英語を話す。彼らは超能力をもっているのだ。

二〇三三年八月の記述。

「星々は、火星人の肉体の向こう側に、白く光っていた。それは、ゼラチン質の海魚の腹に呑みこまれた餌のように、火星人の肉体を透かして光っていた。火星人の胃や胸に、紫色の星がきらめき、手首のあたりにも宝石のような星が見えた。」

これは火星人と遭遇した地球人の目から見た描写である。二人とも相手を非実在と思った。「遠い世界の蓄積された光を放つ亡霊のプリズムなのだ。」これが両者の感想である。何にも阻まれることのない想像力はこんな美しい詩の一節を運んでくる。このSFが他人事でないように思えるのは、火星人はまぼろしだとする一方で、火星人も地球人をその一種だと考えているらしい点である。

私たちも動揺しはじめる。

二〇三三年十一月、地球人たちは火星に移住しはじめる。〈第一の町〉が建設され、神父もやって来る。

「わたしたちは昔の火星人です」と語る青い火の玉たちが登場する。「昔はわたしたちも人間のかたちをしていて、あなた方とおなじように手や足や胴があったのです。」

言い伝えによると、ある立派な人が彼らの精神や知性を解放したのだという。「わたしたちの肉体が見かぎられたとき、肉体につきものの欲望や子供らしさや罪もまた拭い去られました。」

火星人たちを教導しようとやって来た神父たちは「純粋な精神の火」の前にひざまずいて涙を流した。ブラッドベリはもっとも敬意をはらうやり方で火星人を造形したのだった。

二〇三六年十一月には「青い幽霊船」に乗った仮面の火星人たちを登場させている。青い火の玉となった火星人とは別の種族なのだろうか。ともあれ彼らも去ってゆく。この年、地球は爆発し、火に包まれる。戦争が勃発するのである。この予言が的中しなければいいが。

二〇五七年十月、最後に現れた「火星人」は、つまり地球人の家族だった。

ブラッドベリは新版の序文で、この書物は「純粋な神話」だと書いている。彼は遠くの赤い星を眺めながら、壮大で緻密な年代記を語ったのである。火星人は土着の神であって、新参の神・地球人に山奥に追放されるのである。神話を創作するのは個人の力を超えるもので、それゆえそこには新・旧の火星人たちの加勢があったのだと、まだこの物語の中に閉じ込められている私はそんなことを考えてしまう。

冥王星

太陽の周りをまわる惑星の一つとして「冥王星」の名を知ったのは小学生のときだったか、中学生のときだったか。多分「冥」の字が難しいので、中学生のときだったろう。太陽から近い順に「スイキン、チカモク、ドテン、カイメイ」とお経を唱えるごとく習った。すなわち水星、金星、地球、火星、木星、土星、天王星、海王星、冥王星の頭の一字をつなげたものである。先日（二〇一六年二月九日）新聞で、水星、金星、土星、月、火星の順に並んでいる天文写真を見た。月はもちろん大きく照っているが、星々の中で地平に近くひときわ明るいのが金星である。天王星、海王星、冥王星は遠すぎて見えない。見えないから神秘的である。

「冥王星」という名前もいい。一九三〇年にアメリカの天文学者トンボーによって発見され、ラテン語でPlutoと命名された。ローマ神話の冥府の神である。これを英文学者・天文民俗学者の野尻抱影が、「冥王星」と呼ぶように提案したそうだ。

ところが二〇〇六年にＮＡＳＡ（米航空宇宙局）が冥王星探査機ニューホライズンズを打ち上げた後、「冥王星」が他の惑星より小さいどころか、月よりも小さいことが分かり、さらに同じような天体が軌道の近くでたくさん見つかった。同年、国際天文学連合という組織が、これらに一つひとつ名を与えるよりは「冥王星」を格下げし、「準惑星」と呼ぶことにしようと決定した。惑星のお経は「スイキン、チカモク、ドテンカイ」ということになり、なんだか有り難くなくなった。「メイ」の優しい音が最後に来て、虚空に溶けてゆく感じがよかったのである。「冥」であり、「明」であり、「迷」であった。
残念に思った私は「冥王星の夢」という短い詩を書いた。

地球のはしっこにある
わたしの家のインターフォンに
「めいおうせいです」という声が聞こえた
ドアをうすくひらくと
氷のマントを着た人がため息をついていた
「がっかりしないで
わたしの本からあなたの名は消えないわ」
彼は口を上弦の月のようにして笑い
となりの家の夢の中に入っていった

『あさって歯医者さんに行こう』（二〇〇九年）所収。「わたしの本」なんて大きく出てしまったが、薄くて小さい詩集である。冥王星の表面は窒素やメタンなどの氷でおおわれているというので、「氷のマントを着た人」が登場したのである。こんなふうに冥王星は夢を与えてくれた星だった。

『冥王星で』（一九九二年）という詩集を出した詩人もいる。小野十三郎（一九〇三〜九六）。日本の「短歌的抒情」を批判した。この本は八十九歳の誕生日を奥付にもつ最後の詩集である。詩人の冥王星は冥府の星の意味をもつ。このころの冥王星はしっかりと太陽系の惑星群のしんがりをつとめていた。表題作の十三行目から引く。

もし、未知のコトバを発見したら
そのときは、わたしが消えるときだが
消えぎわに
わたしは、宇宙の果に達する
大きな声で
いま、発見したと云うだろう。
そして、ここまで来た時間の進行の重量に
感謝するだろう。
その時間は迫っている。
いま、十時二十一分七秒である。
時間は迫っているが

まだまだ
ものを考える力は、わたしにある。
それが無くなるとき
わたしは
冥王星で生きる。

このころ一般的には冥王星の辺りは宇宙の果てであるかのような素朴な認識があったかと思う。年々新式の観測機器が打ち上げられ、機器のもたらす観測精度は飛躍的に高くなっている。地球物理学などの進展もある。宇宙は膨脹をつづけているということだが、その宇宙の果ての外側はどんなふうになっているのだろうなどと思うと、怖ろしさ以外の感情は湧いてこない。いのちがなくなるとき、詩人は未知のコトバを発見し、宇宙の果て、すなわち冥王星に到達し、そこで生きる、というのである。無になるのではない、という強い思いがある。天文学的知識はいささか古いけれども、その強靭な精神は人の胸を打つ。
同世代の高橋新吉（一九〇一〜八七）という詩人は壮大な時間感覚をもっていた。そういう目で現在を見ると、なにもかもが無に等しい。しかし自分は無ではない、帰ってくるのだ、という気概は、これも常人にはないものである。次の詩は『高橋新吉の詩集』所収。

るす

留守と言へ
ここには誰も居らぬと言へ
五億年経つたら帰つて来る

三島由紀夫『美しい星』を読む

「空飛ぶ円盤」の出現が騒がれていたころがあった。三島由紀夫（一九二五〜七〇）も自宅の屋上で一再ならず夏の夜空を見上げたことがあったそうだ。『美しい星』（一九六二年）が書かれる前のことである。

作家の野望は、ＳＦ小説ではない文学作品に、異星人と彼らの乗物である「空飛ぶ円盤」を確固として出現させることだった。それは荒唐無稽な筋立てにならざるをえないが、しかし有無をいわせぬ筆力でもって、三島は「異星人」一家をこの世に送り込んだ。読者は彼らの運命に立ち会うことになる。

大杉重一郎は埼玉県飯能市の大きな邸に住む無為の学究だが、空飛ぶ円盤を見たとき、地球の危機を救うために火星から派遣された宇宙人と自分との間で、何かの入れ替わりが起こったのだと確信する。彼の感化で、妻は木星から、息子は水星、娘は金星から来たとそれぞれ意識する。娘の美しさに金星に由来する気品と冷たさが加わる。この辺りで読者は作者の術中にはまってゆく。

金星人の娘は文通していた金沢の金星人を名乗る男に逢いにゆく。金星だから金沢なのであろう。美しい青年だった。内灘の砂丘に坐り、海の上を飛ぶ円盤三機を二人そろって認めたのだった。のちに重一郎に言わせれば、「もつとも悪質な『美』の円盤だつた」ゆえに、娘は孕《はら》んでしまった。

この一家の他に、白鳥座六十一番星あたりの未知の惑星から来たという人びとがおり、彼らは、人間を滅ぼすために地球へやって来た、と言うのだった。彼らは呪詛《じゆそ》に満ちた言葉を重一郎に投げかけ、「人間は滅んだ……」と言い残して去るのである。

憔悴した彼は癌に倒れるのだが、それゆえに勝利を確信するのである。「宇宙の意志は、重一郎といふ一個の火星人の犠牲と引きかへに、全人類の救済を約束してをり、」……。

夜の病院から抜けだし、家族そろって近郊の丘の上に登る。すると彼らは叢林の中に銀灰色の円盤が着地しているのを、はじめて四人そろって眺めるのだった。ついに四人そろって、ということは一人の幻視ではない、という意味である。

円盤はただ光っているだけでは玩具と変わらない。その描写が素晴らしいのは、「息づくやうに」という形容である。物体が息づくはずはないのだが、それがあたかも息をしているように見えるということで、いわば二重の「虚」によって、空飛ぶ円盤を現前させたのである。

計算されつくした設定の上に、華麗な手つきで作家は「異星人」を造型してゆくのだが、やはり前提に無理のあることはどうしようもない。円盤にいのちを吹き込むことはできたが、「異星人」たちにはどうか。美しい娘はいのちを宿すのだが、彼らには哀愁という感情が流れていない。妄想がふくらんでゆくのが見えるだけである。

重一郎が確信したように、「宇宙の最高意志」が地球と全人類の救済をのぞんでいるとするのは、なんだかしらじらしくはないか。逆に、では滅亡をのぞんでいるのかといえば、そうとも思えない。大体宇宙に最高であろうがなかろうが、意志があるのか。そんなものは考えられないと答えるのが常識的だが、神の別名と考えたら、どういうことになるのか。この小説を悲喜劇だとは言い捨てられないものがある。


題名の「美しい星」はどのように解釈したらいいのだろう。文中に現れる部分を引く。

「こいつら〔赤や黄のシャツを着た流行歌手たち〕もみんな床屋の椅子に坐らせて、片っ端から咽喉《のど》笛《ぶえ》を切ってやるべきなのだ。（中略）地球はそのとき美しい星になり、調髪美学に則《のっと》った、『気品のある穏和な代表的紳士風髪型』を持つやうになるだらう。……」

これは白鳥座辺りから来たという「異星人」の悪魔のような燃える言葉である。彼はなおも語る。

「誰も人間のゐなくなつた地球は、まだしばらく水爆の残んの火で燃えつづけるだらう。（中略）宇宙の遠くから見た地球は、多分今よりも照り映えて、美しい星に見えるだらう。」

彼の言葉には熱がこもる。「美しい星」とは未来の滅びる寸前の地球のことだが、それは逆説である。何光年か先、地球が「美しい星」になることを免れるという保証はどこにもない。

この本の中で唯一造り物でないのは、夜空の星だけである。「異星人」の一家だけでなく、私たちも十分に癒される。造り物の間に挟まれているから、かくも麗しいのだろうか。三島由紀夫は美しい物語を書ける人だが、彼の目は見え過ぎたのであろう。

星空の美しい比喩を次に。

十一月半ば未明。

「夥しい星のたえまのない燦《きら》めきは、夜空を過度に敏感な、弦楽器の弾かれたあとの弦のわなきのやうなもので充たしてゐた。」

十一月半ば。

「オリオンはまだ見えず、蠍座《さそりざ》は既に西に沈み、射手座《いてざ》もその跡を追はうとしてゐた。これに隣る山羊座は頭と尾だけをあらはし、中央には水甕座《みづがめざ》が、三等星アルファーの美童の頭と、左に四個の四等星で水甕の形を描いてゐた。その口から星々の水は南へ滴《したた》り落ち、魚座は滴りを受けてこれを飲んでゐた。」

三月。

「天の川は西の方に低く流れ、真正面には海蛇座が長々とうねってゐた。春の南天の目じるしをなす帆かけ星の四辺形は、灌木の梢《こずゑ》すれすれに明瞭に瞬いてゐた。そして天頂近く、獅子座は西むきに伏して下界を見下ろし、一等星レーグルスは黄道上に、その輝やかしい眸《ひとみ》を掲げた。」

「帆かけ星」は能登半島で呼ばれる名で、この四辺形は「からす座」である。

星々の音を聞き、水を感じ、まなざしに息を呑みながら、三島は星空の神話を固定すべく筆力を尽くした。私はこんなに明瞭で美しい星座の描写を他に知らない。

宮沢賢治とさそり座

『銀河鉄道の夜』という素敵な童話で知られるように、宮沢賢治（一八九六〜一九三三）は星々に精通していた人だった。生前未発表だった『双子の星』という童話には「星めぐりの歌」が挿入されているが、これには賢治みずから曲をつけた。賢治の宇宙感覚がのびやかに声をあげているもので、まず最初にこの歌を紹介しておこう。

あかいめだまの　さそり
ひろげた鷲の　　つばさ
あをいめだまの　小いぬ、
ひかりのへびの　とぐろ。
オリオンは高く　うたひ
つゆとしもとを　おとす、

アンドロメダの　くもは
さかなのくちの　かたち。
大ぐまのあしを　きたに
五つのばした　ところ。
小熊のひたいの　うへは
そらのめぐりの　めあて。

『双子の星』という童話の主人公である双子の童子の星が住んでいるのは、天の川の西の岸の水晶でできた小さなお宮で、彼らはこの歌に合わせて一晩中銀笛を吹くのだった。星空には冷たく澄んだ銀笛のひびきがふさわしい。「双子座」という名の星座はじっさいにあるが、それとは位置がちがうようだ。

この歌の「あかいめだま」はさそり座の首星アンタレスのこと。赤色超巨星で直径は太陽の約三百倍、表面温度は半分の三千度くらいだそうだ。以下鷲座、小犬座、蛇座と生きものを象《かたど》った星座がめぐる。「あをいめだま」は小犬座の首星プロキオン。白色の星だが、「しろいめだま」では盲人、いや盲犬の感じになるので、青味をのせたのだろう。

オリオン座の三つ星が見えるころは秋から冬で、それらは露と霜を私たちに落とす。「アンドロメダの　くも」は、「アンドロメダ星雲」。以前銀河は星雲と混同されていた。現在それは「アンドロメダ座大銀河31」と呼ばれている。肉眼で見えるもっとも遠い天体で、私たちの銀河系よりも大きい。写真で見ると、真ん中がふくらみ、両端がせばまっている。それを「さかなのくち」に見立てたようだ。

「大ぐまのあし」は大熊座の北斗七星のひしゃくのあたりと見ている。「小熊」は小熊座。「そらのめぐりの　めあて」は北極星のこと。

花巻の宮沢賢治記念館には独特な「大銀河系図」ドームもある。十数年前の夏、岩手県の七時雨山の草原で眺めた星空には息を呑んだ。天辺を見るために仰向けに草に寝ころぶと、夜露で背中が冷たくなった。同行の秋田の友人にWのかたちをしているカシオペア座を教わった。この歌にもあるように近くに位置する北極星を探すには北斗七星を手がかりにするやり方がよく知られているが、カシオペア座からも探しだすことができる。賢治がいちばん好きだった星座はさそり座だといわれているが、このとき探そうと思えば、天の川が南の地平になだれ込む辺りにさそり座の「あかいめだま」と、全部でなくともそのS字形の星座を認めることができたはずだった。それがちょっと悔やまれる。

なんといっても歌い出しが「さそり」である。星めぐりの指針はいかなる時も北の夜空にある北極星だが、この歌では出発点ではなく、到達点となる。いや到達してからも星はめぐるのだが。賢治はさそりの目玉に魅入られて、頭の中に、心の中に夜空を広げる。

さそりのような凶暴な毒虫がなぜ天に祀り上げられたのか。蠅座などという星座もあって、これも不思議といえば不思議だが。

ギリシア神話によると、ゼウスの妃である女神ヘラが腕っぷし自慢の狩人オリオンを懲らしめるために一ぴきのさそりをつかわし、毒殺させた。その功によって、さそりは星座を獲得した。しかし後にオリオンも星座にその名を冠せられることになった。この二者は百八十度離れているので、さそり座が東の空にすがたを見せると、オリオンは西の地平に隠れ、さそり座が西に消えるのを見届けてから、ようやく東の空に現れる、といった具合によくできた神話である。

このさそりは女神に忠誠をはかり、おのれの生得の特技を十分に発揮させたわけだが、賢治はさそりという毒虫に血と心を与える。さそり座はさそりの改悛の結果でなければならないと、賢治は考えたかもしれない。

『双子の星』の第一章に蠍《さそり》の星が登場するが、大烏の星と死闘をくり広げる。蠍は烏のくちばしで脳天をやられ、烏は胸を毒針で刺され、気絶してしまう。双子の星の童子は両方のならず者星を介抱し、蠍を家まで送り届けようとする。疲れて倒れた童子に蠍は「きっと心を改めてこのおわびは致します。」と泣いて誓うのだった。童子の無私の心に蠍が感じ入ったのである。毒虫といえど根はそんなにわるくないのかもしれない。

『銀河鉄道の夜』にも、蠍は現れる。天の川の向こう岸の野原に大きな火となって燃えつづけるのである。汽車に乗り合わせた女の子がお父さんから聞いたという蠍の話をする。いたちに追いかけられて、井戸に落ちた蠍がこうお祈りをしたというのである。

「あゝ、わたしはいままでいくつのものの命をとったかわからない、(中略)こんなにむなしく命をすてずどうかこの次にはまことのみんなの幸のために私のからだをおつかひ下さい。」

それが闇を照らす蠍の火というわけだ。自己犠牲からでなくては、どんな善行も虚しいと賢治は身にしみて思ってきた。

蠍は喰うか喰われるかの世に、虫などを喰うことによって生き延びてき、いたちに喰われそうになるのだが、むなしく溺れ死ぬよりは、いたちにこの体をくれてやればよかった、と思う。瀕死の蠍は初めて他者の生命をいつくしむ気持ちをもったのだった。挿話としても、蠍の周囲の水が一転火となる鮮やかな展開である。賢治の心の中には「双子の星」の蠍が生きつづけていて、身のうちに毒をふくむ者と絶えず苦しい対話をしてきたのだろう。

さて『銀河鉄道の夜』というこの壮大で精緻で感動的な童話については、その成立の謎を解こうと多くの書物が書かれている。おしまいのほうに「下流の方の川はゞ一ぱい銀河が巨きく写ってまるで水のないそのまゝのそらのやうに見えました。」とあるが、南北に流れる北上川が同じく南北に流れる天の川を映している情景と解く人もある。きっとそうだろう。賢治はこの岸辺で『銀河鉄道の夜』の構想を得たにちがいない。天上のものと地上のものが呼応しあって、不思議な時空間を形づくっているが、その一々について綿密な考証がなされていることと思う。誰でも思い当たることだが、主人公の少年ジョバンニが牛乳をもらいに行くのは、「巨きな乳の流れ」である天の川に近づくための行為だろう。

私が気になるのは、川に浮かぶ烏瓜のあかりである。星祭には子どもたちは烏瓜を取ってきて「青いあかり」を川へ流すのだという。「火が七つ八つうごいてゐました。」という描写があるので、烏瓜の実をくり抜いて火をともすように作るのだろう。

しかし烏瓜は夏の夜、天上のレースのような白い花を一夜だけ付け、朝にはしぼむ。実はまだなっていない。初秋に青い実をつけ、秋になって赤くなる。天上には蠍の火が燃えている。それに呼応するのが地上を流れる川の上の青い火かもしれないが、読者は、少なくとも私は烏瓜ということばから赤い火を夢想してしまった。

丸山薫の愛らしい星々

このごろは夜どおし灯る街の照明のせいで、都会では漆黒の闇というのは経験しにくくなった。空は暮れきらずにいつまでもぼんやりと明るい。したがってごく明るい星々だけが肉眼で見えるので、都会の空には星はまばらである。人里離れた山、そして陸から離れた海でないと、降るような星々には出会えない。

十年ほど前、私は南半球一周のクルーズに参加したことがあるが、西へ西へと進んでいくことは承知しているのだが、夜ともなれば、見なれぬ満天の星の下、乗船客には船がどちらに向かっているのか、皆目分からない。デッキで生ビールを飲んでいると、「南十字星が見える」というさざめきがわき上がってきたことなどを思い出す。「南十字星って星四つなのね」という声なども。

丸山薫は「海の詩人」といわれているが、海洋詩の他にけっこう星の詩があることに気づいた。海の真ん中で、そして北国の山中で詩人は星空を眺めているが、もちろんそれだけでは星の詩は書けないだろう。

丸山は明治三十二（一八九九）年大分県生まれ。父が官吏であったため、長崎、東京、朝鮮京城、松江など幼いころから各地を転々とする暮らしだった。そのためにどこにいても「エトランゼエ(異邦人)」の思いがはぐくまれ、「私は、いつも近くに在るものを無視して遠方だけをあこがれる子供になっていた。」(「伊良湖岬」)と書いている。海への憧れも星への親炙《しんしゃ》もそういう心の傾きから導きだされてきたようだ。

船員を志して、東京商船学校に入学したものの、脚気を病んで退学を余儀なくされる。翌年第三高等学校へ、そして大正十四(一九二五)年東京帝国大学国文科に入学し、「新思潮」同人となった。この雑誌に丸山は「病みたる王とその王子」という星のファンタジーを発表している。当人は小説のつもりだったが、仲間からも世間からも小説とは認められず、詩だといわれたそうだ。

この作品はⅠとⅡに分かれ、Ⅰのほうは王様が主人公である。或る晩、王様は塔の南の窓から間近の星の一つを象牙の cue をもって、そっと撞いてみた。

「その星は『戛』と云ふ響とともに」「その隣に凝《じつ》と光つてゐた星の一つに美妙な音をたてゝ打当つたのです。」

私はこの見知らぬ漢字「戛」に感じ入った。「字通」を前から引き、後ろから引いて、ようやくこの字は「かつ」と読むことが分かった。玉を撃つ擬声語とある。人の耳には聞こえないいかにも霊妙な音のようだ。また「凝と光つてゐた星」は、またたかずにいる惑星だろう。

王様は西側の窓からも北側の窓からも星を撞き、「壮大な空の撞球」に飽くことを知らなかった。

Ⅰはこれで終わっている。なるほど小説といったら物足りない。絢爛たる散文詩である。

Ⅱは王子の話。王子は宴会が果てた部屋で奇怪な光景を目にする。

「何処から忍び込んだものでせうか。一匹の病み呆けた星が爛々とした燐光を放ち乍ら、今しも、王子の飲み残された杯の縁に降りとまって、その朱肉色に澱んだ酒を音もなく啜ってゐるではありませんか。」

星を「一匹」とかぞえた人はいままでにいるかしらん。古代の人びとのように、星を蛍の種族のようにとらえたのかもしれない。蛍は甘い水が好きだから、この星も甘そうな「朱肉色に澱んだ酒」をすすったのかもしれない。

怒った王子は拳銃を取り出し発砲するが、杯が砕かれただけで、星は外に飛び出した。星は今度は「カタリと微な音をたて乍ら、その下の庭園の上に消え落ちたのです。」地上に落ちた星の立てる「カタリ」という音はユーモラスである。ゼンマイ仕掛けのゼンマイが壊れたような音である。あるいは星を生成していた鉱物の音。

地上には落ちた星のすがたはなかった。

「唯、其処には宮殿の甍の上を幾千万の星が静かに黎明の額から滑り落ちて行くのを御覧になるばかりでした。」

なんと豪奢な映像だろう。さてⅡには結末がある。翌朝王子は病気になってしまうが、それは病弱の星が飲んだ杯の酒を口にしたからだ、と星占いの博士が言った、とある。さては星は時々王子の酒をぬすみ飲みしていたのだ。

詩人は東京商船学校で練習船に乗り、沖へ出て、灯りといっては船のランプだけという闇の中で、息を呑むほどに美しい星空を見上げた。その感動と郷愁がこのような星の荒唐無稽な物語となった。

機知とエスプリにあふれたメルヘンの趣きもある。

美しい想念

夜空に星が煌めくやうに
真昼の空にも星があると
さうおもふ想念ほど
奇異に美しいものはない

私は山に住んで　なぜか度々
そのかんがへに囚はれる
そして　山ふかく行つて
沼の面を凝と瞶つめる

すると　じつさいに
森閑と太陽のしづんだ水底から
無数の星がきらきら耀き出すのが
瞳に見えてくるのだ

詩集『北国』（一九四六年）所収。一九四五年五月、戦災を避け、山形県に疎開。岩根沢小学校で三年間教鞭をとる。昼に月が薄く見えることがあるように、「真昼の空にも星がある」にちがいないのだが、現象としては昼の空には星はない。しかし詩人は光る空に光る星を思い描いてみたい。山ふかくの沼は心をうるおす水をたたえており、空や木を映しながら、太陽を沈める。それらをじっと見つめていると、水底から星が輝きだすというのである。この世ならぬ光景である。光る空に光る星。戦時下での光のまぼろしは、「美しい想念」である。

詩人は夜空の星だけでは心をなぐさめられないのを感じたのだろうか。海にあれば、昼間は雲と遠い水平線を見ればよい。だが山の奥では雲のほか遠くに何があるだろう。星々を想像することによってそれらの光を現出せしめること。現実は美しいとは言えない。非現実こそが美しい。昼の星が出てくるこういう詩がある。

人魚とぼく

エメラルド色の海面《うなも》を
人魚がいっぴき近よってくる
彼女は波を駆けのぼる

あるいは波を辷《すべ》りおりる
透明な瞳で僕に一瞥《いちべつ》をくれ
また遠くはなれては唄いはじめる
人間こいしと風に唄うのがきこえる

そのつどに僕は舵をしっかり把《にぎ》る
そして　こころであざ笑うのだ
おまえは　サカナ
サカナの肉体を抱いて何になろう

――この爺《じじ》いめ！
ふいに人魚は形相《ぎょうそう》変えて叫んだ
泡をちらして逆さに沈んでいった

空は真昼なのに
ああ　星が出ている

『月渡る』（一九七二年）所収。私の好きな詩である。「人魚がいっぴき」という表現に、「星が一匹」同様、軽い違和感を覚える。私には「ひとり」の人魚である。しかしこの詩は「いっぴき」と始まらないわけにはいかない。だって詩人は人魚をあざ笑って「サカナの肉体を抱いて何になろう」とほざくのだから。人魚は怒るまいことか。「この爺《じじ》いめ！」とはすさまじいが、最後の二行がそらとぼけていていい。先に引用した詩にあった「奇異に美しい」想念かどうかはともかく、奇怪な想念を昼の星が生みつけたのだ。

丸山薫は『青春不在』（一九五二年）という詩集の中で、何篇か「（朗読のために）」と副題のある詩を放送台本として発表しているが、星々は詩人に何を語ったのだろうか。

火星　金星　シリュウス　北極星《ノー・フオーク》
北斗　さそり　白鳥座
それら　どの一つを見つめても
星ほどしだいに親しく思えてくるものはなく
同時に　星ほどだんだんに遠く思えてくるものもない　（「星」より）

詩人が暮らしていた北国の山村の住まいは高い山腹の崖にあった。「手を突き出すと／私の掌のひらは星と同じ空間に在り／足を伸ばせば／足のうらは星を蹴りそうになつた」という非現実的な環境だった。手や足に触れられそうに近く見えながら、触れられるはずがないものたち。なまじ身近に感じられるがゆえに、星々は喜びと絶望が隣り合う淵を見せるのだ。

私はレンズの中の衛星から眼を離した
そして　改めて肉眼で　月と土星とを仰いだ
瞬間　つい眼の前に在つた空間と時間とが
ふたたび　いつさんに　遙かな未来へ駈け戻つてゆくのを感じた
この私を　苦しい現在に置き去りにして――
（「月と土星」より）

詩人は望遠鏡のレンズの中の天体に見とれていた。「土星は少し赤く／縦にリングを篏《は》めていた」「数万年の未来の時間が手にふれる思いがした」。レンズの中の天体は詩人をかの処《ところ》、かの時間にいざなうのだった。しかしいったんレンズから目を離すと、まるで魔法から覚めたようだ。詩人はそんなありふれたことばは使わない。「苦しい現在」が迫ってくる。丸山薫はどの詩でも苦痛や苦労をうたったことはないが、このことばは軽く発せられただけに、かえってなまなましく重いつぶやきになった。

最後に単行詩集には入っていないが、愛らしい星の詩を掲げよう。

春の星

けだかい羽根の御使《みつかい》が

今晩も
しずかにおともしなされた
一つ星

花いろに　まだ明るい天の遠くに
ちかりと光るロースクのような
春の星

道にはすこし風が吹いて
さくらのつぼみはゆれている
そのかすかな枝間からあおぐ
夕ぐれの星

丸山薫には多くの児童向けの詩があり、これもその一つだろうが、子どもだけに読ませるのはもったいない。「けだかい羽根の御使」というのは背中に羽の生えた天使だろう。桜の花のつぼみがふくらむころは、空中に水分が多くなり、しっとりしている。霞がかかって、遠くの景色を見えにくくする。そんな霞のヴェールの向こうに「ちかりと光るローソクのような／春の星」が見えるのだ。ローソクの光はふつうゆらりと光るが、星のローソクは硬く「ちかりと」灯る。そんな語感を味わっていると楽しい。

さて一つだけ宵のうちから光るのは、強い光度をもつ星である。金星だろう。しかし何であれ、星の名前を出しては、このたゆたい、広がる世界はたちまちにしぼむだろう。

草野心平のアンドロメダ

草野心平（一九〇三〜八八）は「蛙の詩人」「富士山の詩人」などと称される。けれどもそう言われるのはあまりお好きではなかったようだ。本人は蛙や富士山の詩集よりも、天に関する詩集のほうが多いと言っている。「天の詩人」というのは、世間的にそれほど馴染みがないかもしれないが、心平にとっては「天」は魂が吸い寄せられる対象であるとともに、そこから詩を汲んできた源泉のようなものだった。

福島県川内村の村人たちは、名誉村民である心平のために一木一草を持ち寄って住まいを造って供したのだが、そこは「天山文庫」と命名された。天山は中央アジアにある山脈だが、「天」の字に思いが込められていることは確かだろう。

心平にはそのものずばり『天』（一九五一年）、『全天』（七五年）と題する詩集がある。『天』の巻末に「天に就いて」と題する覚書がある。「天といふ題名は、自分にとつて空恐しい。」と記している。なぜ空恐しいのかは書いていないが、畏敬すべき対象であるものを自著の題名に用いる勿体なさ、といった感覚もあるか。しかしそれまでの作品によく「天」が出てきたようだ。

「あるあるあるある。私のいままで書いた作品の約七十パアセントに天がでてくる。或ひは空とか星雲とか天体のさまざまな現象などが。実をいふと私はぽかんとあきれたかたちだつた。」「雲の動きほど時間を意識させるものは私にはない。時空混淆の場としての天、それを背景にして、これらの作品〔富士山の詩〕は或る程度なりたつてゐるやうに思はれる。」

心平は観念というよりは、じっさいに誰でもが目で見ることのできる「天」を詩のことばにすることで、「時空混淆の場としての天」を現出させるのである。

『天』より、詩を一篇引いてみよう。

原子

インディゴ・ガラスの。
はるかはるか。
はるかのはての涯のないはての。
アンドロメダ。
唸る星雲。

黒びかりする闇のなかにぽつんとともる中心の核。眼には
見えずしかも正確に形成される人間の途方もない夢の結晶。

核は一つの星。
精力は星の。
雲の渦巻き。
　それが天体のそれのやうに。やがては凄烈な美が生れる。
　冷たく堅く青くつき刺す。その光。
億万あつまり。
乱反射する虹の燦爛。

「インディゴ」は暗青色の染料。インド藍。「アンドロメダ」はアンドロメダ座に位置する渦巻き銀河で、私たちの銀河系（天の川銀河）の隣にある天体。地球から約二百五十万光年の遠くにあるが、肉眼でも見える。「アンドロメダ座」は北天の星座で、十一月下旬の夕刻に南中する。ギリシア神話のエチオピアの王女の名という。詩人は愉快なひびきからか「アンドロメダ」がご贔屓《ひいき》である。まるでメダカがドロの中から、なんだと言って顔を出したような名前ではないか。とはいっても昨今似たような名前「アンドロイド」がニュースなどで騒がれている。これは人間そっくりのロボットである。

銀河はかつて星雲と混同されており、現在でも「アンドロメダ星雲」と呼ばれることもある。この詩の書かれたころは星雲だったのだろう。星雲ということばから夢見られた詩とも考えられる。「歴程の仲間」（『太陽は東からあがる』所収）という詩には、岩魚の「横腹にはアンドロメダの青い星雲がながれている。」という素敵な一節がある。また「アンドロメダの精気」という不思議なことばも。

前掲の詩の中に「人間の途方もない夢の結晶」ということばがあるが、これがこの詩のキーワードと解するべきだろう。「夢の結晶」の核となる極微のもの、つまり原子が巨大な渦を巻く力を獲得するとき「凄烈な美が生れる」というふうに読める。

さてそういうふうに読めてしまうと、面白くないのである。自分の思想を巧みに天体に当てはめて図式的なものになるからである。私たちはいまや原子力発電の怖ろしさを知ってしまったが、この詩が書かれたころはほとんどの人が平和な夢を見ていたのかもしれない。

面白くない読み方はやめて、天体の美しさにはじかれるようにして読むことにしようか。最終行は心平のお祭り好きをよく表している。

詩人の「アンドロメダ」を含む天は、二十四年後の『全天』でこんなふうにうたわれる。

指紋

宇宙天の一点に。

渦巻きめぐる。
アンドロメダ。

自分の親指の腹の。
その。
流紋。

蟹座は。
薬指。

世界の。

億兆億の指指の。
ミクロコスモス。

この詩も極微と極大をうたうが、こちらのほうが人間もその体に宇宙を取り込んでいるような、めくるめく感覚があって、快い。

この詩の「蟹座」は、蟹星雲の在り処を示したつもりだろう。薬指の指紋といっているのだから、星雲のことだろう。だが蟹星雲はおうし座にある星雲であるから、蟹座とはちがう。この星雲は一八四五年に、その形が蟹のように見えたので名づけられたそうだ。超新星の残骸だということが分かっている。詩人は蟹座のあたりに星雲を幻視したという読みがいいかもしれない。

同書にはもう一篇「アンドロメダ」がある。「宇宙天」という全二十七行の詩だが、最初の四行を引く。

どうしてかういふことになつたのだか分らないが。
おれはいま。
アンドロメダの近くに。
浮いてる。

浮いている詩人は、おそるべき轟音を聞き、巨人な火の渦巻きを見る。「おれはああ。／燃えだした。」火の渦巻きが詩人の体を呑み込んだようだ。詩人は燃えながら、ずっと下のほうに「白内障のやうな鈍い光の一つの白胡麻。」のようなものを認め、地球かと思う。熱さと轟音が遠のく。最後の二行はこうである。

隕石のやうに黙黙重たく。
瞑目のおれはベッドの上に胡座をかいてゐるのであつた。

心平は星となって燃えて光を発し、やがて隕石として地上のベッドの上に落下したのだった。星が生まれ、死ぬまでを超高速でわが身に体験してしまうのである。蛙の喜怒哀楽を身をもってうたいあげることができ、また「私は雪が降ってゐる。」(「劫初からの時間の中で」・『母岩』所収)とわが身中に雪を降らせることができる人だからこそ、こういう詩が書けた。余人にはできない。全身で星空のドラマを表現した。

イナガキ・タルホと中原中也の星

まだ人生に夢を見ていたころ、イナガキ・タルホ（稲垣足穂）（一九〇〇〜七七）の『一千一秒物語』を読んでみたが、さっぱり興味が湧かなかった。そのころの私の本の読み方は、人生はどんな比喩で語られているか、どんな意味をもつのか、生きかたの指針となるものを与えてくれるか、というふうな性急な問いに答えをさがしていこうとするものだった。見聞の狭い世界に住んでいた優等生の田舎者だった。

こういうシャッチョコ（鯱）ばった読書しかできなかった者にイナガキ・タルホの面白さは分かろうはずがなかった。一方で私は萩原朔太郎の『月に吠える』のことばに衝撃を受けていた。奇妙で魅力的な日本語だった。ともかくそれは詩人の呼吸している世界を、非現実の世界を写し取っていた。どう生きればいいかという問いを問うことは、現実にはこうしか生きられぬと思ってきた年月、意味をなくしていった。

タルホの世界はことばではなく、イメージでできているようだ。『一千一秒物語』も『月に吠える』も両方とも無用といえば、無用といえる書物だった。

いま私は夢を見ていない。私はことばで夢を見るだけである。私にはようやくタルホの読者たる資格ができてきたようだ。今度読んでみたらタルホの夢が面白かったので。

『一千一秒物語』はファンタジーというかメルヘンというか、いわば映像の断片集である。お月様や星がよく町中に現れたり、消えたりする。彼らは日本語をしゃべり、英語の手紙を書き、フランス語のメモを残したりするが、けっして友好的ではなく、むしろ暴力的で、勝手なふるまいをする。

ここではその本の中の星のすがたを十ばかり抜粋したり、要約したりしながら、ひとまず追ってみよう。星はよく地上に降りてきて、人の精神を攪乱するもののようだ。

「光ったものが落ちていたので、拾ってポケットに入れた。電灯の灯りで見ると、空から落ちて死んだ星だったので、窓から捨てた。」(「星をひろった話」)

「自分の自動車が流星と衝突した。流星が難癖をつけたので、取っ組み合った末、痛めつけてやった。屋根に上って待っていると、流星が頭の上を通ったので、ピストルで撃ち落とした。」(「流星と格闘した話」)

「出合い頭に流星と衝突した。家に帰ってテーブルの引出しをあけると、ハーモニカがなくなっていた。」（「ハーモニカを盗まれた話」）

「黒猫のしっぽを鋏で切ると、パチン！と黄色い煙が上がった。キャッ！という声がして、尾のないホーキ星が逃げていった。」（「黒猫のしっぽを切った話」）

「ある夜、部屋のドアを押して入ろうとしたら、内から押している者がある。無理に入ると、机の上の本の中にいた見えない何ものかがムクムクと起き上がり、自分を外へ押し出した。青い星が沢山キラキラしていた。」（「押し出された話」）

「ホーキ星を獲りに出かけた。マロニエの木の下の黒い小舎の中へ飛び込むと、星空の中にいる。天井がなく、地下室は鏡でできていたのだ。ポン！とはね返されて元のマロニエの下へ。手は『Ne soyez pas en colère!（怒らないで）』と書かれた紙片を握っていた。」（「箒星を獲りに行った話」）

「露台に落ちていた白ッぽいものを拾って口に入れた。冷たくてカルシュームみたいな味。いきなり街の中に突き落とされると、口の中から星のようなものが飛び出して、尾をひいていった。」（「星を食べた話」）

「オーケストラで『北星の夢幻曲』が始まると、黄色い煙が会場に広がった。係員が煙を排出すると、誰もいなかった。只まぶしい花ガスの光。この不思議は夜空いっぱいの星屑のせいだろうということになった。」（「AN INCIDENT IN THE CONCERT」）

「街の上に星がきれいだった。塀の上から星を三つ取った。お月様に見つかってぶん殴られた。煉瓦を投げつけると、アッといって敷石の上へ倒れる音がした。ポケットの中の星はこなごなにくだけていた。Aがそれでパンを三つつくった。」（「星でパンをこしらえた話」）

「いつの間にかできあがって、いつの間にか解散した会がある。それは黒い彗星の作用によるもので、ホーキ星が近づいてくる時に会が育ち、去ってゆく時に壊れたのだった。」（「THE BLACK COMET CLUB」＝comet は彗星）

「無頼漢どもの集まりに、星が一つ人間に化けているということがささやかれた。一人ずつ疑われてはぶん殴られて表へ放り出された。最後の二人が格闘をし、バーの中はめちゃくちゃになった。翌朝は何も変わるところはなかった。バーの主人の妄想だった。」（「星と無頼漢」）

これらの荒唐無稽な話に出てくる星は、塀の上に落ちていたりするくらい小さいこともあるが、取っ組み合いの相手になったりすることもあるので、人と同じくらいの丈のこともある。落ちた星は死ぬこともあるが、食べられても死なず、口の中から飛び出すこともある。ポケットの中でこなごなになると、パンにこしらえられたりする。たいへんな重力をもち、住人が部屋に入ってこられないほどにドアを押したりする。ホーキ星は長いしっぽの黒猫に化けたりするようだ。中にはしっぽを切られるどじなホーキ星もいる。「黒いホーキ星クラブ」の存在を遠隔操作する。ハーモニカを吹きたがったり、オーケストラで「北星の夢幻曲」を奏でたりする。

何かあっけらかんとしていて、星だから温かさがないのは当然だろうが、情緒がない。彼らは怒る以外の感情をもたない。もしロボットが感情をもつようになったら、その第一は怒りだろう。意思を疎通できない者たちとの交渉は、暴力であり、闘いであり、挑発であり、略奪であり、逃走であり、追跡である。これが人間界で行われた日には戦争であるが、人と星なので、ピストルと書かれていても、ぜんたい書割りめいているせいで、玩具のそれのようだ。

この断片集の中の星々は、まるで日本神話の中の星神か、その眷属のようにも思われる。本書「星の神」の項で記した通り、『日本書紀』には一柱の悪しき星神の記述がある。また後世には、草木のもの言うアニミズムの世界に、蛍火となって禍々しく光る神を星神と解したという。

タルホの星々は悪さもするが、人も悪さをしているので、彼らだけが悪いとはいえない。悪戯をしたり、破目をはずしたり、自由に飛び回る現代の星神の眷属であると私は見たい。

この本の中に挿話のように、月や星がブリキ製だと主張する人（?）の話が出ている。「見てきたようなことを云う人」という話で、ある人の説によると、天は黒いボール紙で、そこに月や星形のブリキが貼りつけてあるのだという。それが動くのは、からくりだといって笑って消えた。縄梯子の端が星空へ消えていった、というのである。

この「見てきたようなことを云う人」の正体は不明である。月の中の人かもしれない。

それから十年あまり後、中原中也（一九〇七〜三七）の詩の中にこの人はピエロとして登場し、口上を述べる。そんなふうに勝手に考えると面白い。私もタルホ・ワールドの中へ入ってしまった。

星とピエロ　　　中原中也

何、あれはな、空に吊した銀紙ぢやよ
かう、ボール紙を剪《き》つて、それに銀紙を張る、
それを綱か何かで、空に吊し上げる、
するとそれが夜になつて、空の奥であのやうに
光るのぢや。分つたか、さもなけれあ空にあんなものはないのぢや

（第二、三連省略）

分らなければまだ教へてくれる、空の星が銀紙ぢやないといふても
銀でないものが銀のやうに光りはせぬ、青光りがするつてか
それや青光りもするぢやらう、銀紙ぢやから喃《なう》
向きによつては青光りすることもあるぢや、いや遠いつてか

遠いには正に遠いいが、それや吊し上げる時綱を途方もなう長うしたからのことぢや

タルホの断片では黒いボール紙にブリキの月や星を貼りつけるのだが、中也の詩では銀紙を張ったボール紙の星を作る。タルホは縄梯子、中也は綱。ほとんど似たような道具立てである。タルホの物語は一九二三年発表、中也の詩は三四年に書かれているので、同時代の想像力は同じようなかたちになりやすいということか。

ただ両者の資質のちがいは明瞭で、タルホのほうは、だまされてみたいね、というサラッとした後味があるが、中也のほうは粘着質といったらいいか、一生懸命だまそうとするピエロの哀しみが後から後から念を押すように襲ってくるのである。

このころ中也は「星を見る時、しかめつらして／僕も此の頃、生きてるのです」(「野卑時代」)とうたっていた。早い晩年が訪れていた。このときから三年して三十歳で夭折した。

谷川俊太郎のたくさんの星・ひとつの星

谷川俊太郎の第一詩集は一九五二年、彼が二十歳のときに刊行した『二十億光年の孤独』である。二十億光年は当時、地球からもっとも遠くにあるとされた星雲との距離だそうだ。ちなみに地球と太陽との間の距離は約一億四九六〇万キロメートル。光年とは光が一年間に進む距離で、約九兆四六〇〇億キロメートルだから、この本の題名は、離れ小島どころではない、宇宙の中の遠い遠い星にいるような孤独ということである。

以後、谷川さんはつねに、現代詩とはいうまい、詩の第一線を走りつづけてきた。その詩の中には多くの頻度で星空が現れるが、「この星」と地球を呼び、そのたびに読者に彼の足元を危うくさせる感覚を与える。地球が星である感覚は、私たちはふだんは眠らせているのだが。「この星」という言い方は谷川さんにはごく自然だ。遠い星から来た星の王子さまみたいで。王子さまの父親の王さまが何百歳になろうと、八十六歳の王子さまであろうと、違和感はない。

少年少女向けの詩集『みんな　やわらかい』（一九九九年）から。全文。

私たちの星

はだしで踏みしめることの出来る星
土の星
夜もいい匂いでいっぱいの星
花の星
ひとしずくの露がやがて海へと育つ星
水の星
道ばたにクサイチゴがかくれている星
おいしい星
遠くから歌声の聞こえてくる星
風の星

さまざまな言葉が同じ喜びと悲しみを語る星
愛の星

すべてのいのちがいつかともに憩う星
ふるさとの星

数限りない星の中のただひとつの星
私たちの星

これらは地球という星に谷川さんが名づけた数々の異名といってよい。子どもたちには喜ばしい現象ばかりが届く星であってくれ、という願いが込められている。谷川さんは地球はぽっかり宇宙に浮いた愛しい星であるとうたっているが、それがそうであるのは奇跡的なことなのだ。小中学生に詩を書いてもらうと、「地球にやさしくしよう」とか「地球を大切にしよう」とかいうことばがよく出てくるが、彼らは地球が滅びるかもしれない星であるなんて考えたことがない。磐石であると思っている。私なども地球が丸い星であるということは知識でしか知らなかった。或るとき横浜港から船で出発し、三ヵ月かけて南半球を一周した。帰り着いた港の横浜という文字を見て、体で驚いたのだった。

温室効果ガスによる地球温暖化、それにともなう海面の上昇、異常気象、核開発、原子力発電所の事故など、子どもたちの親やまたその親は地球を痛めつけ、瀕死の重傷を負わせているが、親も子どももまだのほほんとしている。私たちはもう風に運ばれてくる歌声を聞かない。高層ビルによって、海風はせきとめられている。町中では土の道はいやがられ、舗装されてしまう（うちの私道は土のまま、草の生えるままだが、近所の人たちには蚊が湧くのに、と迷惑がられている）。「クサイチゴがかくれている」ところを見つけるには、どんな遠くの山の麓に行ったらいいのだろう。

谷川さんの詩の中で、名指された夜空の星を拾ってみた。

彗星、火星、木星、土星、月……このくらいである。小さな子でも知っていそうな星である。詩人は星を見ると、小さい小さい子になってしまうのだろうか。しかし彼は恐るべき子どもである。谷川さんは星座や星の名前をおぼえたことはあるかもしれないが、それらを詩にちりばめたいという欲望はない。それはそんなに訝《いぶか》ることではないが、先にも書いたように、彼の詩の中には夜空の星がよく顔を出すが、いずれもほとんど無名の星である。

そこには詩人の哲学がある。たとえば星Aと星Bがあるとする。その名で呼ぶとAとBの差異に目を向けないわけにはいかない。白か青か赤か変光星か、一等星か二等星か、何という星座のα星かγ星か。谷川さんは星のもっている共通の分母と、それが他に及ぼす共通の作用について確かめたい。本質を見たい。「ほしみんなすき」（「すき」・『すき』所収）といっている詩人は依怙《えこ》ひいきしない。だから名前をおぼえない。名前の曇りをとりはらって、じかに星を見たい。

詩人は星を自分の中に取り込んで、内面化することができる。

「あなたの中で星が爆発する／あなたこそ／あなたの宇宙／あなたのふるさと」（「やわらかいいのち――思春期心身症と呼ばれる少年少女たちに」・『魂のいちばんおいしいところ』所収）

心は宇宙ほどに大きくなり、星は爆発することで、生きるエネルギーを与えてくれるだろう。行き場がなくて、ちぢこまっている少年や少女を鼓舞する詩。私の星はもう爆発を終えて、余熱を放射しているところだが。

詩人は星に導かれる。

「わたしたちは／いつのまにか／いなくなる／そらからもらった／ほほえみにかがやき／おかあさんにはみえない／ほしにみちびかれて」（「いなくなる」・『子どもの肖像』所収）

「わたしたち」とは子どもたちのこと。あまりにきれいな詩なので、彼らが昇天してゆくのは悲しいが、慰められもする。

詩人は星の息を聞く。

「星が息をしている／どこか遠くで／限りなく渦巻いて／声もなくまたたいて／星は息をしている」（「息」・『手紙』所収）

じつはこの詩で息をしているのは、他に風、虫、人。星の息は想像力を働かせないと聞こえない。渦を巻いているのだから、荒い息づかいだろう、などと。だから詩になるのだが、ありとあらゆるものが息づいている世界を、宇宙を詩人は夢想する。

詩人は自分と周囲を星になぞらえる。

「私の星座」（『シャガールと木の葉』所収）の後半部を引く。

やがて気づいた　私たちは星座なのだと
私はその中のただ一つの星　どの星とも違う

どんなに近づいても星と星の間には遠さがある

でも星座は決して消え去ることがない
目に見えない心の線にむすばれて

私が死んでも誰かがきっと覚えていてくれる
星と星とをつなぐゆるやかなかたち
誰ひとり中心ではないあの美しいかたち

この詩は谷川さんの人との関わり方を示しているようだ。谷川さんが一人っ子だったせいもあるかもしれないが、友達や恋人はどうも向こうからやって来て、谷川さんはつかまってしまうのだ。どんなに親しくなっても「遠さ」を感じている人が谷川さんだった。

話は変わるが、嬉しいことに谷川さんは連詩がお好き。これは連歌、連句を母胎とするもので、一人一人孤独だが、連帯を夢見る文芸である。この詩の星座のように。美しいかどうかはさておいて、「誰ひとり中心ではない」かたちで行う、厳しくて、にぎやかな座の文芸である。

私はものの名を知りたい。覚えたい。名を覚えれば、私はものに近寄り、ものも私に近寄ってくる。親愛感が生まれる。世界がちぢまってくる。居心地もよくなるかもしれないが、近づきすぎれば、いさかいも起こるだろう。谷川さんはそんな猥雑な世界は遠ざけたい。

周囲の人びとは彼に「異星人」の名を奉った。異星人は地球人の付けた星々の名は覚えたくないのかもしれない。花々の名も同様。

IV

和歌に詠まれた星の意味

和歌で月をうたったものは多いのだが、星は少ない。連歌にも「月の定座《じょうざ》」といって、百韻のうち「四花七月」、つまり花の定座四つ、月の定座七つが定められている。星の定座などはない。「星月夜」ということばはいつごろから使われるようになったか分からないが、これは月はなくても、月夜のように明るい星の夜ということで、少なくとも時代が下っての連句においては、月の定座の代わりにはならない、とされているくらいである。

和歌の月は重要な働きをする。古代の貴族の間では妻問い婚だったので、妻は夫の訪れを待っていなければならなかった。なかなか来ない男を月が西に傾くまで待ったり、あきらめたり、待つ身のつらさ、いっそ雨が降らないかしら、と女は思ったりした。相愛の男女は有明の月を見ながら、きぬぎぬの別れを惜しむ。月が彼らの心を明るませ、また曇らせた。

一方、星と恋といったら、人には関係がなく星同士の恋であって、つまり七夕の星合である。それにちなむ歌はずいぶんたくさんあって、この本でも「七夕のうた」として集めて鑑賞してみる。しかし天の川から外れた星の歌はずいぶん少ない。

『万葉集』に持統天皇のこんな歌がある。立場上、個人的な感情は伏せられ、儀式のためにつくられた歌のようだ。

北山にたなびく雲の青雲の星離れ行き月を離れて（一六一）

背景を知らなければ、叙景歌として見過ごされてしまいそうだ。朱鳥元（六八六）年、夫の天武天皇が崩じたときのことである。死者を北枕にするのは、古代中国の習俗からだったようだ。だから「北山」は具体的な地名ではない。星や月を離れて、というのは皇后や皇子、貴族のいる朝廷を離れて、という意味である。中国の「天の思想」が導入されはじめていた。それによると北極星が天の中心であり、天帝の座であるとしたのである。地上のことどもは天の意志にしたがって動くと考えられた。このころは占星術が重用されていたようだ。

さて「星合」の歌ではない歌を探そうとして、『和漢朗詠集』を見てみると、漢詩のいくつかに星をうたったものはあるが、和歌ではたった一首であった。それは『古今集』に収められた藤原敏行の歌である。詞書《ことばがき》に、「寛平御時きくの花をよませたまうける」。

久方の雲のうへにてみる菊はあまつほしとぞあやまたれける

左注に、「このうたは、まだ殿上ゆるされざりける時に、めしあげられてつかうまつれるとなん」

とある。地下《じげ》の人であったとき、拝殿というのか昇殿というのか許されて殿上に伺ったときに作った歌だとしている。しかし史実ではこのときすでに彼は権中将蔵人頭だったという。「久方の」は「天」や天象にかかる枕詞。いい歌ができたので、背景のほうを歌に合うようにちょっと変えたのか。歌は虚実こもごもの世界である。人の心を動かすのが歌なのである。

この歌の「雲のうへ」とは、殿上人のいるところ。宮廷人のことは月卿雲客《げっけいうんかく》といった。宮廷の白菊が盛りだったので、天上の星と見間違えたことです、と讃え、貴族たちは気が利いているではないかと喜んだのである。

『万葉集』の星から『古今集』の星を見たところで、まだ普通の星は出てきていない。『新古今集』を繙《ひもと》いてみる。『伊勢物語』中の在原業平に擬せられる男の歌。

晴るる夜の星か川べの蛍かもわが住む方の海人《あま》の焚く火か

やっと位のある星ではなくて、普通の星がうたわれた。あの火は遠くからだと星のようにも蛍のようにも見えるが、海人が焚く火であろうか、というのである。

一般にはまだ星をうたうのは恐れ多い気分だったか。しかし在原業平は、両親ともに天皇家の血筋を引いているものの、臣籍に下った人であるので、星を畏《かしこ》むという呪縛からは逃れていたのだろう。勅撰集の編者も、業平は特別、という思いがあったことだろう。

『拾遺集』に菅原道真の歌がある。

流されはべりける道にてよみはべりける

天つ星路道《みち》も宿りもありながら空に浮きても思ほゆるかな

右大臣にまで上って位人臣をきわめた人が、延喜元（九〇一）年、讒言《ざんげん》によって失脚し、大宰府に流される途中での歌。「天つ星」は朝廷の貴族の譬え。星には天の運行や座もあるのに、というのは、相応の出世の道や地位もあるのに、ということだろう。自分も昨日までは「天つ星」の一員だったのだが、いま座を追われてみると、自分が磐石だと思っていた足元の辺りが抜けていくような感じだ、という。その虚しさもさることながら、曇りをはらった目には自然科学的な洞察もひらめいたのか。

「天上の思想」の縛《いまし》めから逃れていたのは、出世競争から予め脱け落ちていた女性たちであった。建礼門院右京大夫に星の歌があるが、しかしそれも宮仕えを退いた後の歌である。『建礼門院右京大夫集』より。

月をこそながめ馴れしか星の夜のふかきあはれを今宵しりぬる

長い詞書があるが、この集は歌日記とも称するものである。「……ひきかづきふしたるきぬを、ふけぬるほど、うし二ばかりにやとおもふほどに、ひきのけて、そらをみあげたれば、ことにはれて、あさぎ色なるに、ひかりことぐ〵しきほしのおほきなる、むらなくいでたる、なのめならずおもしろくて、はなのかみに、箔をうちちらしたるにようにたり。こよひはじめてみそめたる心ちす。……」午前一時半時ころ、夜着をおしのけて、空を見上げると、きれいに晴れて浅葱《あさぎ》色《いろ》をしていた。光が強くて大きな星が満天に出ており、それはもう興味深く、草花で染めた紙に金箔などを散らしたのによく似て、今夜初めて星の美しさを知ったような気がした、というのである。

右京大夫は高倉天皇の中宮・建礼門院（平徳子）に仕えた人で、その間に運命の恋人・平資盛《すけもり》と出会った。源平の争乱は激しく、資盛は壇の浦で戦死した。この歌の月は、資盛を待ちながら眺めた夜々の記憶そのものであるだろう。この歌集には、七夕の歌が多く収められている。星の逢瀬がうらやましい、自分にはもうこの世で逢える人はいないので、というような嘆きの歌もある。（「引く糸のたゞ一すぢにこひ〳〵て今宵あふ瀬もうらやまれつゝ」）

時代は下って、鎌倉時代の歌人・式子内親王の星の歌を次に掲げよう。

身にしむは庭火のかげに冴えのぼる霜夜の星の明方の空

内親王は後白河天皇の皇女として、賀茂斎院をつとめた。この歌は賀茂社の庭で篝火《かがりび》を焚き、神《か》楽《ぐら》が奉納され、その歌詞の星にかぶさるように現実の星空を眺めやった感動をうたったものかという。星を直接うたう意識には抑制がかかっていたともいえる。

神楽歌の中には星歌がある。

あかぼしは明星《みやうじやう》は
くはや
此処なりや
何しかも今宵の月の
ただ此処に坐《ま》すや
ただ此処に坐《ま》すや

この一節を何度かくり返す。「くはや」は感嘆詞。なんとおおらかで、いきいきしたことばだろう。笛やひちりきが加わり、現実の星のきらめきもそれゆえにまさったことだろう。

鎌倉幕府三代将軍・源実朝の星の歌を見ておこう。

秋のはじめに詠める

天の川みなわさかまきゆく水のはやくも秋の立ちにけるかな

実朝の歌とすぐに分かる雄渾にして不穏な調べである。実朝には七夕の歌もあるが、それらは伝統にかなった巧みな歌である。

時代は建礼門院右京大夫の歌のころから、ようやく星のまとっていた古代的なヴェールを脱ぐことになったようだ。掲出歌は大分後になって『玉葉集』に収められた。
最後に『風雅集』から伏見天皇、『玉葉集』から同妃・永福門院の歌を掲げておこう。

月や出づる星の光の変るかな涼しき風の夕やみのそら　伏見天皇

くらき夜の山松風は騒げども木末の空に星ぞのどけき　永福門院

ずいぶん長い間、星は厳《いか》めしい光を放っていたのだが、鎌倉時代、武士の世の中になると、朝廷の力は衰え、それとともに星もまっすぐに親しみやすい光を返すようになった。どちらも繊細な叙景歌である。月や星が何か意味をもつというわけではなく、すっきりとした歌いぶりで、こういう歌も好もしい。
江戸時代、和歌には目覚ましい動きはなく、明治になって、「星菫派《せいきんは》」の歌人たちが活躍するようになると、星は今度は憧れをこめて眺められ、愛らしくまたたくようになる。

七夕のうた

七夕は元は太陰太陽暦、つまり中国暦や日本の旧暦の七月七日に行われた。中国では三月三日や五月五日と並ぶ節句の一つだった。旧暦七日は月齢が七に近いため必ず上弦の月、半月なので、これを船に見立てることもあった。上弦の月が沈むのは夜遅くだが、すると月明かりにほとんど消されていた天の川が見えてくる。旧暦七月七日の深夜には天の川の両岸に牽牛と織女の二星がはっきり姿をあらわすことになる。

現在の新暦ではふつう七夕はまだ梅雨のさなかといっていい。この日に降る雨を「洒《さい》（催）涙《るい》雨《う》」と呼ぶが、雨のために逢瀬がかなわなかった哀しみの雨とも、逢瀬の後の惜別の雨とも考えられる。また「七夕雨」ともいう。現在では月遅れの八月七日ころに七夕まつりを行って、商店街にみごとな五色の竹飾りを並べる所もある。月遅れのほうが新暦よりも本来の日にちに近いので、二星も晴れて年に一度の逢瀬を楽しめるというわけである。

笹竹は日本の七夕になくてはならぬものだが、これは日本だけに見られるようである。江戸時代から笹竹を用いたようで、それは夏越《なごし》の大祓《はらえ》で茅《ち》の輪の両脇に立てる笹竹にちなんだものという説がある。穢れを祓うという古来の思想が七夕流しや送り盆などの習俗の底流をなし、それらは互いにそう日数も置かないところから、一連の行事となっていったようだ。

中国では古くは牽牛星（わし座のアルタイル）を農事を知る基準とし、織女星を養蚕や織物の仕事をつかさどる星とする信仰があったという。具体的にどういう基準だったのかは分からない。織女星を天帝の外孫とする言い伝えもあった。この二星を恋人とする伝説が後漢（二五〜二二〇）以後に生まれたというから、ずいぶん歴史は古い。

日本に伝わったのは、奈良時代初期のようだ。『万葉集』には百三十二首の七夕の歌があるという。遣唐使を派遣していたころの日本の宮廷は中国の文物をとりいれることに熱心だった。七夕は異国情緒あふれる魅力的な行事だったので、宮廷人たちはよろこんでこの新奇な題材を歌にとりあげたことだろう。当時は中国の乞巧奠《きこうでん》の祭事にならって、七夕の夜、女子が手芸に巧みになるようにと、庭に竪琴を飾り、周りに香炉や五色の糸、帳《とばり》などを置いたようだ。星の観察はしたかどうか。

『万葉集』巻第八に山上憶良の七夕の歌十二首がまとまって収められている。憶良は奈良朝最高の知性と学殖をそなえていた詩人また官吏であり、四十三歳のとき渡唐、数年後に帰朝している。憶良が七夕の歌をうたったときはすでに六十代。恋の情緒というよりは、すがたや状況を歌にして、素材の魅力を世に知らせ、若き歌人よ、うたえよ、といったところではなかったろうか。

天の川相向き立ちて我《あ》が恋ひし君来ますなり紐解き設《ま》けな（一五一八）

（天の川のほとりに向き合って立っていた、わたしの恋するあなたがおいでになるみたい。下紐をほどいていましょう。）

この歌には「令《れい》に応へて」という左注がある。皇太子（のちの聖武天皇）の仰せにしたがって、という意味である。この歌の「天の川」の原文は「天漢」。「漢水」は天の川に並行して南流し、揚子江にそそぐ川で、それを天上に移す見立てをしたところから。中国での言い伝えでは、織女が牽牛に逢いに行くことになっている。中国の古い年中行事をまとめた『荊楚歳時記』には「是の日（七月七日）、織女東に向うと。」と記されている。この歌の「我」は織女、「君」は牽牛である。このころ日本では妻問い婚であったので、日本の風習に合うように恋の仕様は変えられ、受容されていったのだろう。いきなり憶良がねじ曲げたのではなく、口伝えされていくうち、人びとが無理なく感情移入できるように変容を遂げていったのではないか。

あと二首、憶良の歌を読んでおこう。

たぶてにも投げ越しつべき天の川隔てればかもあまたすべなき（一五二二）

（つぶてを投げれば越せそうな天の川なのに、隔てているからか、どうにもならずに切ない。）

左注に「天平元年（七二九）七月七日の夜に、憶良、天の川を仰ぎ観《み》て。」とある。頭上に星々が近々と輝いて見えていたと思うが、じっさいに天の川を見てつくった歌は少ない。天平の初めには朝廷の年中行事となったという。

彦星し妻迎へ舟漕ぎ出《づ》らし天の川原《かはら》に霧の立てるは（一五二七）

「彦星」の原文は「牽牛」。このころすでに牽牛はひこほし、織女はたなばたつめと呼ばれていたようだ。妻を迎えに行くということは、また送っていくということだろうから、これは日中の伝説の折衷である。

七夕の歌としてはやはり恋物語に主眼があり、自分の恋の体験をもとにどう想像力をふくらませるかが腕の見せどころということになろう。

『古今集』では、恋の纏綿《てんめん》たる情緒がうたわれる。よみびと知らずの名歌。

恋ひ恋ひて逢ふ夜はこよひ天の川霧立ちわたり明けずもあらなん

（恋いしつづけて、逢えるのは今宵だけ。天の川に霧がかかって、夜が明けないでほしい。）

七夕の伝説は広く世の人の知るところとなっていったらしい。天の川がうたわれれば、もう星合ということになる。切迫した声調から、作者は棚機女《たなばたつめ》の境遇とわが身を重ね合わせているともいえそうだ。

中国の伝説では、たくさんの鵲《かささぎ》が羽をのべて橋をなし、織女を渡らせたという。鵲は北九州に棲息し、朝鮮烏、また高麗《こま》烏と呼ばれるそうだ。日本では彦星が舟を漕いでいったり、浅瀬を歩いて渡って行ったり、棚橋や打橋《うちはし》（架け外しが簡単な橋）を渡せ、と頼んだりしている。鵲ではあまりに絵空事になってしまうと思われたのだろうか。彦星も棚機女も、日本人にとっていつしかわが星になったことは疑いない。

星菫派の熱き星

「星菫派」とよばれる詩歌の流派があった。以前ある歌人の前で「わたしの詩、星菫派だから」と言ったら、何をか言わんや、という顔をされた。

「星菫派」なるものが何かは、知っていることは知っているのである。明治時代、与謝野鉄幹・晶子夫妻を中心とする、後期浪漫主義文学運動を率いた雑誌「明星」に拠って活躍した人びとを総称する輝かしい流派の名である。彼らは星や菫などに託して恋愛をうたい、自我の解放を求めて華麗で清新な歌風をつくりあげた。

一方そこから派生したもので、近代詩のほうでも「星菫派」と名ざされた詩風がある。第二次世界大戦のさなか、多くハイカラで歯の浮くような恋愛詩を書いた若い人びとについて、加藤周一が中村真一郎・福永武彦三名に拠る『１９４６・文学的考察』の中で「新しき星菫派」と呼んで批判した。元祖星菫派のごく表層的なところをなぞった感傷的な詩である。私の詩も若いときは星菫派だった。

七夕の星合以外の星は、伝統的な和歌ではあまりうたわれてこなかった。月はあっても星はないというのは、星の位置を目安とするような生活者が歌を詠んだのではなかったからだろう、と私は思ったが、理由があってのことと後に知ることになる。（本書一五四頁参照）

一方菫は『万葉集』にもあるが、平安時代の和歌では掛け詞になりにくいという理由で題詠としては取り上げにくかったようだ。可憐な花のすがたが再びうたわれるようになったのは院政期からだそうだが、本稿では措く。

「星菫派」の短歌を読んでいくと、じっさいの星空を眺めるのでなしに、星は比喩としてうたわれていることが多い。星はまたしても生活者の実感からでなく、おもに翻訳文学の影響下でまたたきはじめたようだ。それは星菫派の限界といってもよく、後に自然主義に道をゆずらなければならなかったことは容易に見当がつく。

じっさいに彼らの短歌を見ていってみよう。与謝野鉄幹は明治三十三（一九〇〇）年、二十七歳のときに「明星」を創刊するが、この誌名自体、短歌革新をなしとげ、世に輝ける星とならんとする、まぶしいくらいの意気込みを示している。次の歌は翌年刊行された詩歌集『鉄幹子』より。

星の子のふたり別れて千とせへてたまたま逢へる今日にやはあらぬ

「星の子」の一人は自分だろう。晶子との恋愛が始まっていたので、相手は晶子と思われる。一日千秋の思いで暮らしていたが、ついに再会の日が訪れたのである。自分と自分の恋人を「星の子」とたとえるとは、それも冗談ではないらしいのは、呆気にとられるばかりだが、そういう狂騒を許すものがこの時代にはあった。自分たちは地を這いまわる者ではなく、空高く仰がれる者であるとの自負心と陶酔感が見られる。封建的世俗的な因襲に逆らい、奔放大胆な情熱をうたいあげる「明星」の芸術思潮に共鳴して、「星菫派」とは呼ばれないが、名だたる詩歌人が同誌に集った。薄田泣菫、蒲原有明、高村光太郎、木下杢太郎、吉井勇、北原白秋、堀口大學、佐藤春夫……。

日清戦争前後の国威発揚が唱えられていた時期であった。いま敗戦後七十年、デフレ下にあって、昂揚した気分になっている若者は皆無だろう。

星の子のあまりによわし袂あげて魔にも鬼にも勝たむと云へな

与謝野晶子の歌。明治三十三年十一月、晶子、同じく東京新詩社社友・山川登美子、同社主幹・鉄幹の三人は京都で紅葉を賞《め》でたのち、粟田山麓の旅館に宿泊。「星の子」は登美子。登美子は郷里の若狭で不本意な縁談が決まり、うちしおれていた。晶子と登美子はともに師・鉄幹を慕った恋のライヴァルではあるが、一つ襖のうちで励ます晶子である。あなたは「明星」の「星の子」でしょ、星の子だったら、悪魔にも鬼にも勝ってみせる、と言いなさい、とハッパをかけるのである。こんなふうにライヴァルが脱落するのはいい気持ちではなかったのであろう。しかし鉄幹が登美子に惹かれているふうなのを嫉妬する晶子だった。

筆あらひ硯きよめて星の子のくだりきますと人へ書くふみ

山川登美子の歌。明治三十三年十月刊の「明星」掲載歌。この年九月、鉄幹と同棲していた林滝野に、長男が誕生している。「星の子」は鉄幹の子であろう。儀礼的な歌だが、聖らかな感じがするのは、登美子の人柄か。登美子はひかえめで内省的な歌を詠んだ人なので、わが身を「星」などとはうたわない。むしろ「星の世」にふさわしからぬ者だと卑下している。けれども鉄幹の衒気《げんき》は自分にはないものとして、好もしいものに映っていたのである。

登美子の歌の「星」を見てみよう。

おとろへて枕あぐるも扶けられ窓にしたしき星を見るかな

明治三十九年一月の「明星」掲載歌。登美子の結婚生活は二年に満たなかった。明治三十五年、夫は三十三歳で結核のため死去。夫からの感染が疑われるが、以後体調が優れず、明治四十二年、肋膜炎を病んで早逝した。享年二十九。

この歌の「星」はじっさいに目にした星だろうが、「明星」の「星」をすでになつかしむふうで、哀切である。じっさいの星が観念の星に喰われている。星菫派というのはそれほどに熱い潮流だったのかもしれない。

昭和十年三月、鉄幹は六十二歳で没する。その年の暮、晶子は夜空を見上げて次のような歌を詠

んだ。（遺歌集『白桜集』所収）

冬の夜の星君なりき一つをば云ふにはあらずことごとく皆

あの星が亡くなった夫の星、と晶子は見ない。ことごとく「君」であると見る。情感は夜空をつつんで、ほとばしる。

星の歳時記

北半球では北極星を中心として、見かけの上で星々はめぐりつづけているので、季節によって目につく星座の位置も形も異なっている。地球表面の大気が季節によって、水蒸気や氷の結晶を多く、また少なく含んだり、塵や花粉やフロンガスなどの量も年中一定というわけではないので、空気の層を通して星を見上げる私たちは一つとして同じ星空を見ることがない。星を見ての喜怒哀楽ももちろん地上のことに属する。

季節の星の表情、というのは人が星を見て抱く感懐ということだが、それがよく出ている俳句を探してみた。「月」は一字だけでも秋の季語であるが、「星」は他の季語といっしょに詠まれることで、表情が見えてくる句が多い。

春の星

歳時記には季語として「春の星」が出ている。傍題として「春星《しゅんせい》」「星朧《ほしおぼろ》」。「朧月」という季語はあるが、「朧星」とはいわないようだ。音がきれいではないからだろう。春には空中にたっぷりたくわえられた水蒸気のために、ものがおぼろにうるんで、情感豊かな詩が得やすい。

閂《かんぬき》をさすむんむんと春の星　　山口誓子

閂は門扉を閉ざすために左右の金具にわたす横木のこと。いまは電動のシャッターが多くなり、星もいきなりシャットアウトされるから、その気配が屋敷内にまで及ぶことは考えられない。閂で門を閉じていたころは、カタッと音を立てたとたんに、閉ざされぬ空の星がふくらんでくるような気がしたのではないか。そんなふうにして出会った春の星。

箒星去りてより湧く蛍烏賊　　大屋達治

箒星は彗星のこと。蛍烏賊が春の季語なので、一句としては春の句である。箒星が消えて後、緊張と恐怖が去り、ほっと安堵《あんど》したようにわが身を光らせる蛍烏賊。天と地がひそかに呼応したような、春の情景である。

蛙の唄湧き満ちて星なまぐさし　　西東三鬼

蛙は春の季語。夜の田圃では大声の合唱が途切れることはない。「星」はこの星、地球とも考えられるが、空高くにある星としたほうが天地混沌として面白い。「腥《なまぐさ》い」という漢字はかねてから不思議だったが、この句を読むと、そんな違和感はなくなる。

妻の遺品ならざるはなし春星も　右城暮石

何を見ても亡き妻がしのばれるのである。地上の小さな品々や景色ばかりではない。おぼろに見える星も、二人いるときにいつか見上げた記憶があったのだろう。ここは他季の星であってはならない。

春の星電話にかかりながら見る　秋元不死男

親しい相手とのとりとめのない電話だろう。「夏の星」だと、若い恋人たちの夏休みの約束か。「秋の星」だと、電話はじきに切られるだろう。「冬の星」だと悲報がささやかれているか。一句としてはやはり春の風情がよい。

夏の星

歳時記を見てみると、「夏の星」(傍題として「夏星《なつぼし》」「星涼し」「梅雨の星」)、「旱星《ひでり》」などがある。「旱星」はこの本の「日本の星の名前」の項で、「豊年星」あるいは「酒酔い星」と紹介した「さそり座」の赤い首星アンタレスのこと。なんでもその色が真っ赤な年には豊作になるということだが。

旱星食器を鳴らす犬と石　　秋元不死男

このごろの犬はどうか知らないが、むかしの犬はガッガッと鼻と口でお皿を動かして食べた。「旱星」が出たくらいだから、犬も飢えているのだろう。「石」が不気味である。石は沈黙している。星が石になったみたいだ。

葉がくれの星に風湧く槐《えんじゅ》かな　　杉田久女

「槐の花」が夏の季語。槐は街路樹などに植えられる。目立たない黄色みを帯びた白い花が道路に散りこぼれているのを見て、あ、槐の花が咲いていると気づく。久女の内向する烈しい句が私は好きだが、こんな涼しい句もいいなと思う。

明星の銚《ちろり》にひびけほととぎす　　芥川龍之介

「銚」とは酒をあたためるのに使う銅や真鍮《しんちゅう》、錫の容器。俳人だったら、「明星の」とは宵の明星が出るころだと言うだろう。現代詩の作者は宵の明星そのものと考えたがる。ほととぎすが鳴くと、宵の明星の「ちろり」が待ちわびたように、ちろりと音を立てる、そうしたら酒を飲もう、と。この鳥は夜も鳴く。

秋の星

秋は大気が澄んでいるので、星々がよく見える。歳時記には「秋の星」（傍題「白鳥座」「ペガサス」「秋北斗《あきほくと》」）、「星月夜（ほしづきよ・ほしづくよ）」、「天の川」（傍題「銀河」「星河《せいが》」「銀漢」「雲漢《うんかん》」「天漢」「河漢《かかん》」「銀浪」）、「流星」（傍題「流れ星」「夜這星《よばいぼし》」「星飛ぶ」）などがある。

天の川は夏、真南の空にはっきり見えるので、夏の季語にしてもよさそうなものだが、旧暦七月七日の七夕伝説の舞台であることから、伝統にしたがって秋の季語とする。「七夕」の傍題には、「星祭」「星祭る」「星合」「星の恋」がある。

天の河星より上に見ゆるかな　白雄

天の川を構成しているのは数億ではきかない恒星だが、天の川は天界の川だとする遠い視力をもっていた人。江戸中期の俳人・加舎白雄。

星月夜空の高さよ大きさよ　尚白

「星月夜」は満天の星のためにあたかも月夜の明るさだということ。月は照っていない。はずむような童心から生まれた句。手も足もうんとのばして。江戸中期の俳人・江佐尚白。

妻二夕夜あらず二夕夜の天の川　　中村草田男

妻が二晩家を空けただけで、夫は淋しくて天の川を見上げる。はぐれた星の子になったようだ。「二夕夜」の不在がよい。一夜だったら、七夕伝説に付きすぎる。

死がちかし星をくぐりて星流る　　山口誓子

あまたの星の饗宴は、自分の死期が近いのを知らせる凶兆だと作者は思う。しかし穏やかに死を受け容れられるだろう、と。玲瓏《れいろう》たる星空。

誕生日飯食い始む星座の前　　金子兜太

無季自由律を強力に推し進めた人。この句も無季であるが、兜太の誕生日は九月二十三日なので、秋の句である。トラック島で敗戦を迎え、生き延びた感慨がある。星の句はこの島で参戦していた時期に集中している。飯といえば、芭蕉の「あさがほに我は食《めし》くふおとこ哉」、一茶の「淋しさに飯を食ふなり秋の風」を思い出す。朝顔にも秋の風にも星座にも、風流とも美しいともいっておれず、まず飯を食わなければならない。いずれの人も句も骨太である。

冬の星

冬は空も星も北風で磨かれたかのように清らかである。星の光も強く感じられる。歳時記を見ると、「冬の星」の季語の傍題として、「冬星《ふゆぼし》」「寒星《かんせい》」「凍星《いてぼし》」「荒星《あらぼし》」「冬銀河《ふゆぎんが》」「冬星座《ふゆせいざ》」がある。他の季語に「冬北斗《ふゆほくと》」（傍題「寒北斗」）、「寒昴《かんすばる》」（傍題「冬昴」「六連星《むつらぼし》」）。

寒星や神の算盤ただひそか　　中村草田男

厳しい光を放つ冬の星はすべてあるべきところに座を定めているが、それは神の指のせいであろう、と読める。ひそかなものに算盤を与えるのが俳句の味のようだ。

寒星は瞬き惑星は瞠けり　　正木ゆう子

「瞠けり」は「みはりけり」。恒星はチカチカ光るが、金星や火星や木星は光ったままであるので、それを面白く表現している。恒星の特徴はみずから光り輝くこと。恒星は高温、高密度のガス球であり、その熱エネルギーとともに核融合エネルギーを放出することで、可視光を発するそうである。

惑星はみずから光を発しない。硬質の言語が絢爛たる永遠を描く。

夜を帰る枯野や北斗鉾立ちに　　山口誓子

北斗七星は北の空に通年かかる星座だが、冬の夜には地平近くに柄を立てた杓のように見える。それを「鉾」に見立てた。なにものに向かう武器であるか、気合がこもっている。

木枯に星の布石はぴしぴしと　　上田五千石

「布石」は囲碁で対局の初めに、何ヵ所か重要と思われる石を配すること。洗われたような夜空に緊張感と覚悟がみなぎる。それを眺める人にも。

みちのくの星入り氷柱吾に呉れよ　　鷹羽狩行

狩行はみちのく山形県の生まれ。星々を映した氷柱がどんなに美しいか、ことばの吟味を重ねるよりも、「吾に呉れよ」と、この大胆不敵な一語のほうがよほど雄弁であるに決まっている。

子どもの星のうた

子どものころは時間がゆっくり過ぎていった。私は小学校の机で退屈していたが、別に未来がふさがれているような気はしなかった。ああいうのが幸福の味というものだったろうか。幼稚園や小学校で習った星の歌で、いまでもおぼえているのは「たなばたさま」である。一九四一年、国民学校の「うたのほん（下）」に初出。文部省唱歌。権藤はなよ・林柳波作詞。一番のみ掲げる。

ささの葉　さらさら
軒ばに　ゆれる
お星さま　きらきら
金銀　砂子《すなご》

「金銀　砂子」は金銀箔の粉末のことで、短冊に吹きつけられたものをいうらしいが、私は当時「金銀」は折り紙の色で、「砂子」は浜の砂のことだと思っていた。私たちは七夕竹を砂浜から海に流したので。いまこの詩を読んでみると、夜空の星々を金砂、銀砂と形容したのだということが分かる。

当時小学校で児童一人ずつに小さな竹が一本与えられ、教室で願い事を書いた短冊をそれに吊るし、色紙に鋏を入れて作った鎖や網をぶら下げて、かついで帰ってきた。こういうのは田舎の学校だから出来たのだろう。そのころ町の有線放送には、信じられないことだが、年に数回、子どもの時間があり、私と男子児童二人でこの歌をうたった。私の声は小さく悲しげで、ほとんど男の子の声しか聞こえなかった。彼は怒鳴るようにうたっていた。

次の歌もなつかしい。

あの町　この町　　野口雨情作詞

一、あの町　この町、
　日が暮れる　日が暮れる。
今きた　この道、
　かえりゃんせ　かえりゃんせ。

二、お家が　だんだん、
　遠くなる　遠くなる。
今きた　この道、

かえりゃんせ　かえりゃんせ。
三、お空に　夕べの、
　星が出る　星が出る。
　今きた　この道、
　かえりゃんせ　かえりゃんせ。

「コドモノクニ」一九二四年一月号初出。この歌からは、灯りといえば人家の灯りしかなかった、暗い木立ちのおおいかぶさる心細い道が思い浮かぶ。「夕べの、星」は金星だろう。子どもは怖くなってどんどん歩いていく。星を見つけて子どもの心は明るむが、もう帰らなければいけない時間だと焦る。ところで「かえりゃんせ」と聞くと、「とおりゃんせ」の歌を思うが、これらは誰の声だろう。子どもたちの守り神か。むかしは小さな神々が村境などにいたのだろう。失われた大切な風景である。

むかしの童謡を見ていると、空の星は変わっていないのだが、人のほうはずいぶん生活の質が変わってしまった。「砂山」という「海は荒海、向こうは佐渡よ。」で始まる北原白秋の詩には、「みんな呼べ呼べ、お星さま出たぞ。」という一行がある。これは一番星が出たから、遊んでいるみんなに、もう帰るぞ、と呼びかけるのである。いまは子どもたちが日が暮れるまで外で遊んでいることはなくなった。むかしより物騒になったし、子どもたちは塾へ行ったり、習い事の教室に行ったりで、忙しくなった。

次は『日本童謡集』（与田準一編）でたまたま見つけた、ほほえましい詩。「赤い鳥」一九二五年十二月号初出。

大きなお風呂　　有賀　連

誰も知らない
ところです。
とても大きな
お風呂です。
月はひとりで
はいります。
月があがった
そのあとは、
星がみんなで
はいります。

「とても大きな／お風呂」とは、山上の池か沼か湖かもしれない。月だけが出ている晩、あるいは月のところだけ晴れている晩、水面には月が映っている。やがて月は西のほうへ傾いていき、

「お風呂」から上がってしまう。雲が切れると、星がしずかに、ドッと「お風呂」に入ってきた。水面があますところなく光っている。そんな景色を見てみたい。うたってみたい。

次の詩はずいぶん古く、一九二一年、三木露風童謡集『真珠島』より。

宵闇

お宮の段を
一つ下りてきたら
流れ星がとんだ。

一つ、二つ、三つ
四つ目の段で
鼻緒が切れた。

一本杉の下は
なほなほこはいぞ
早よ駈け、帰ろ。

ちろ、ちろ虫が
草の中で鳴いた
はよ駈け、かへろ。

流れ星はこの詩では怖いことが起きる前兆のようだ。「一つ、二つ、三つ」は流れ星の数であり、石段の段数でもあろう。四という数は不吉で、やはり不都合なことが起こった。一本杉の下にはよからぬ人か魔物がいるかもしれない。鼻緒が切れた下駄を手にもって、子どもは裸足で駆けてゆくのだろうか。愛唱するには怖い歌である。

流れ星が落ちる詩は他に二つほど見つけたが、願い事をするというのではなかった。一つは祭りが終わったしるしで、もう一つは寒い夜風の中を落ちていった。願い事を思うようになったのは、私など昭和の子どもからであるらしい。

引用した詩のルビは省略した。

うたわれた星

敗戦後数年が経って、私がもの心ついたころには、ラジオから流れる歌が一般家庭にとっては唯一といってもいい手軽な娯楽だった。そのころ、こんなことが私の記憶に残っている。夜、病いに臥せっていた祖母に、階下のラジオの音を止めるように言われた母が、「なんの慰安もない」と言って嘆いたことである。それきり家の中は静かになった。

歌謡曲を集めた本をぱらぱらめくると、直ちにメロディーが浮かんでくる曲のなんと多いことか。老いも若きも心と頭をこれらの歌で十分に染め上げられてきたので、少女に限っていうと、いくぶんか感傷的で、控え目で、親兄弟や男に尽くす辛抱強い日本の女になったのではないかと、苦笑されもする。もちろんそれに反発して成人した少女もいたのだが。

歌謡曲は一時期人びとの心の歌だった。歌詞も曲も平板であっては見向きもされないが、平易なものでなくてはならない。歌詞は直接的な表現は避け、美しい景色や情景とともに、愛嬌があって、しかも暗示に富むものが好まれる。

私が子どものころは歌謡曲というよりも流行歌といった。その内容も演歌調、民謡調、浪曲調から、後にはフォーク調、ニューミュージック調など大衆の好みに合わせ、多岐にわたっていった。昭和四十年代に入ると、ポップス（ポピュラー音楽）が流行しはじめ、歌謡曲とは区別されたが、しかしそれでも七五調が圧倒的に多い。伝統的な歌謡曲は演歌とよばれて、それは必ず着物を着た女性歌手などによってうたわれ、いまに歌声を流している。土の匂いのする声がいいのよ、と母が言っていた。

私は音痴で、音域も狭く、人前で歌をうたうことは恥ずかしくてできず、歌謡曲は好きではなかった。感情を外に表すのが苦手だったので、内向して現代詩を書くようになっていった。そのような私でもむかしの歌謡曲を耳にすることがあれば、なつかしく、気持ちを動かされる。ところでいまの若い人たちにとっては、歌謡曲は心を添わせるものであるどころか、前世紀の遺物として、奇妙なものを聞くような感覚が育ってきつつあるのではないかと恐れる。時代も環境もすっかり変わった。そこでこのようなものを書いておくのも後世のためになるのではないかと思い立った。

さて星、星と思って歌詞を読んでゆくと、星の出てくる唄は軽く百曲はある。

もちろん雨も多い。雨の唄だから星はないよね、と思っていると、「星の見えない」という歌詞がご丁寧にうたわれていることもある。雨は哀しみ、胸のうちのやるせなさを訴えてよく降る。星は基本的には願望、憧れを意味するようだが、印象的な歌詞を二、三行抜き出して、見ていきたい。

いとしい人の目

星は瞳に譬えられやすい。一九四一年に発表された童謡「たなばたさま」にも、「お星さま　きらきら／空から　見てる」という一節がある。星がこちらを見ているわけはないのだが、見ていると他ならぬ自分を見返してくれる、見つめ合っている、という思いに駆られる。

すがるせつない　瞳《め》のような
星がとぶとぶ　哀愁列車

横井弘作詞「哀愁列車」の末尾二行。三橋美智也がうたった曲で、歌いだしは「惚れて　惚れて」。私の父のうたえる数少ない唄の一つで、ここのところで顔をこまかく横に振るのだった。「星がとぶ」のは、流れ星ではないかもしれないが、愛人を残して夜汽車で去る男の目には、いくつも星がとぶ。幕が下りた知らせのように。どんな事情があったかは語られないが、星々がみな愛人の哀しい瞳で自分を見るとは、いたたまれない話である。

星になりたや　一つ星
黒い瞳に　うつる影

島田芳文作詞「夕べ仄《ほの》かに」より。古賀政男作曲、ディック・ミネ唄。「一つ星」は宵の明星だろう。なぜ星になりたいかというと、恋人の瞳にそれがうつると信じるからである。生身の自分をまっすぐに見つめてほしいが、彼女は遠い人になってしまい、それが叶わないのである。こういう切ない思いでみつめられる星もある。

やせた姿が　ちらちら浮かぶ
あつい瞼の　呼子星

大映映画「母恋星」の主題歌「呼子星」の末尾二行。萩原四朗作詞、田端義夫唄。この唄の主人公は大戦後もシベリヤに抑留されている日本軍の元兵士。ちらちら輝いたり、にじんだりする星が、息子である自分を恋う母の瞳のように見えるのである。切ないものがある。

にじむ星

笑っているのに　涙がにじむ
並木の夜星よ　見るじゃない

野村俊夫作詞「どうせひろった恋だもの」より。初代コロムビア・ローズ唄。昼の月は見えることがあるが、星はまず見えない。したがって「夜星」と念の入った表現はしなくてもいいのだが、字数を合わせなければならないからだろう。この二行は「やっぱりあんたも　おんなじ男／あたしはあたしで　生きてゆく」の節でうたう。

この女の人は気丈な人で、星を見たら、にじんでいるので、自分が笑顔をつくりつつも泣いているのが分かった。彼女は涙を拭いて、星を見ないで歩いてゆくのだ。

上を向いて　歩こう
にじんだ　星をかぞえて

永六輔作詞、坂本九唄。一九六一年、NHKテレビの番組で発表され、たちまち人気が出た。のちにこの唄をふくむレコードが欧米で「スキヤキ・ソング」というタイトルで発売され、ミリオン・セラーとなった。涙をこぼさないために「上を向いて　歩こう」と自分を元気づける少年の健気さが新鮮だった。星は何も語らなくなった。

ふるさとの　星くずも
濡れていた　あの夜

横井弘作詞「虹色の湖」より。女優でもある中村晃子がジーンズを穿いてテレビでこの唄をうたったのが若者層に受けたそうだ。私はそのころ大学生だったが、アパートにテレビはなかった。星が濡れているというのは、見ている人が泣いているからで、歌詞はあいかわらずセンチメンタルだが。

淋しがり屋の星が
なみだの尾をひいて
どこかへ旅に立つ

吉岡治作詞「真夜中のギター」より。千賀かほる唄。淋しがり屋のギター弾きには、たくさんの星の中から、淋しがり屋の星が見える。自分の姿の投影なのだが、星を愛らしく生きもの感覚でとらえるところが若い人たちの心をつかんだかもしれない。

守ってくれる星

遠いみ空の　父さま星よ
わたしゃ流れの　渡り鳥

松竹映画「陽気な渡り鳥」主題歌。唄も同題。和田隆夫作詞、美空ひばり唄。主人公は旅の一座で唄をうたういとけなき少女芸人。星となった亡き父に、お守りくださいと願う。これは美空ひばりという一代の歌手のための唄。

オルボワ　ムッシュ
夜明け星　おやすみね

藤浦洸作詞「パリの夜」より。二葉あき子唄。「オルボワ」は'au revoir'。フランス語で、さようなら。街の灯が消えてゆく中で、明けの明星を見ながら、一晩中いっしょにいた恋人と別れて帰るところである。ここには快い疲労感と満足感がある。「夜明け星」は造語だろう。

雲の切れ間に　キラリと光る
星がたよりの　人生さ

大高ひさを作詞「玄海ブルース」より。田端義夫唄。この唄の主人公は「どうせ俺らは　玄海灘の／波に浮き寝の　かもめ鳥」とあるように、船乗りである。「どうせ」と自分の身の上を投げやりに卑下しているところが、典型的な歌謡曲の主人公である。いくら働いても楽にならない世相が影を落としている。しかしこの唄の末尾にはしっかりと星が行く手を照らしている。

暗い夜空を　迷わずに

二人の星よ　照らしておくれ

塚田茂作詞「銀色の道」より。ダーク・ダックス、のちザ・ピーナッツ唄。一九六六年にNHKで制作された。健康的なイメージゆえに高校の教科書にも採用されたそうだが、こんなにまっすぐでいいものかしら。まあこういう時期もあるのだろう。

ぼくらのように　名もない星が
ささやかな幸せを　祈ってる

永六輔作詞「見上げてごらん夜の星を」より。いずみたく作曲、坂本九唄。星は手のとどかない高みにあるのだが、いつの間にか「ぼくら」と親しいものになった。若者の優しさゆえだろうか。よく分からない。坂本九は航空機事故の犠牲になり、「ささやかな幸せ」ということばが痛ましく感じられる。

星はなんでも　知っている
ゆうべあの娘《こ》が　泣いたのも

水島哲作詞「星は何んでも知っている」より。平尾昌章唄。この唄の星も聖なるものというよりも、物分かりのいい天使風。それが新鮮な感覚だった。

無常感をあらわす星

別れることは　つらいけど
仕方がないんだ　君のため
別れに星影の　ワルツをうたおう

白鳥園枝作詞「星影のワルツ」の歌いだし三行。千昌夫唄。居酒屋の終業時間を知らせるのに、BGMが「蛍の光」に変わる店もあったが、この唄を流す酒場もあって、客は笑いながら帰り支度をするのだった。私がまだ神保町の出版社に働いていたころのことである。「星影のワルツ」って何だろう。諸行無常の鐘の音を三拍子で鳴らそう、といったところか。

星の流れに　身をうらなって
どこをねぐらの　今日の宿

松竹映画「こんな女に誰がした」の主題歌。清水みのる作詞「星の流れに」の歌いだし二行。菊池章子唄。「星の流れ」は、流れ星ではなく、星の運行ということだろうか。この女性は、自分の運命をあなたまかせにする非力で無責任なところがあるのだが、女の非力なのをよしとする美意識だかなんだかもあって、それで成立している歌謡曲もある。

ああ　星も流れる
心もかわるさ

西條八十作詞「別れたっていいじゃないか」より。神戸一郎唄。この唄は知らない。あまり流行らなかったのかもしれない。一番には「ああ　花もしぼむさ／小鳥も死ぬのさ」という歌詞があるので、こういう直接的表現は歌謡曲には珍しい。西條八十は詩人で作詞家ではないので、きれいごとはうたいたくないのだろう。掲出の二行も真実である。

星の唄を四つに分類してみたが、この他にもちろん背景を飾ったり、ロマンチックな雰囲気をかもしだすためのものとして、ちりばめられた星々がある。この分類からはみだす星もある。自分の純情は「金の星」だと胸を張る男の唄もあるし（佐藤惣之助作詞「男の純情」）、「男純情の愛の星の色」（佐伯孝夫作詞「燦《きら》めく星座」）という唄も。時代がかって強い光を放っている星だろう。淋しい星の光を、「戦友《とも》の御霊《みたま》」（佐伯孝夫作詞「ラバウル海軍航空隊」）、また「遠いわが家の　窓あかり」（野村俊夫作詞「ハバロフスク小唄」）と見る元兵士や虜囚の唄もある。
歌謡曲はどれもが日本人の生活の中から出てきたもので、星空は人びととともにあった。地上の暮らしは貧しくても、肉眼で星がけざやかに見えていたころ盛んにうたわれたことを思えば、いまは流れ星の消え落ちた辺りの跡を、とぼとぼ辿っているような気もする。

言葉の星空

星々が美しいとしたら、どんなふうに美しいのか、どんなふうに語りかけてくるのか。それらとどのように付き合ってきたのか。どのように共鳴して心の弦を鳴らしたか。どんな劇に出会ったか。星々のめぐりや姿は、俗世間を器用に渡れない詩人たちの好む題材である。何かの比喩とした上で、生きるよすがを見出す人もいるだろうし、自分が死んで無機質のものとなることを、星を見ながらしずかに肯《うべ》なう人もいるだろう。
言葉の星空を浮かびあがらせよう。

山村暮鳥（一八八四〜一九二四）

ふるさと

淙々《そうそう》として

天《あま》の川《がは》がながれてゐる
すつかり秋だ
とほく
とほく
豆粒のようなふるさとだのう

秋には大気が澄み、天の川がよく見える。「淙々」は水が流れる音。唐の詩人高適に「石泉淙淙として、風雨の若《ごと》し」という詩の一節がある。天の川は石泉のイメージである。光る石の間を天の水が流れているのだ。

暮鳥のふるさとは群馬だが、この詩が書かれたのは茨城県磯浜である。不思議な詩である。詩人は天の川を見上げているのだが、ふるさとの豆電球のような灯もその中にともっているようでもあり、あるいは空から帰れないふるさとを見ているようでもある。しかし感傷的ではない。

暮鳥はキリスト教の伝道師として、東北、北関東各地に赴任した。生まれついての遠いまなざしがこの詩人にはある。最後の詩集『雲』所収。

北原白秋（一八八五〜一九四二）

星の歌

ちらちらお星さん拝みませう、
宵には明星、金の星、
羊も、ちりしやら、かへります。

七夕さまなら夫婦星《めうとぼし》、
五色《ごしき》の短冊、笹の露、
朝から、待ちましよ、祭りましよ。

白《しろ》い流《ながれ》の天の河、
よく見りや星くづ、銀砂子《ぎんすなご》、
棕梠《しゆろ》の木越してもまだ白い。

北には北極星、北斗星、
凍えて曠野《ひろの》をゆく橇《そり》も、
鞭ふりや、きらつく七つ星。（以下略）

三行十一連の童謡。原文総ルビ。『祭の笛』所収。リズム感といい、イメージの豊穣さといい、北原白秋はやはり純乎とした詩人である。歯切れのよさは、鋭く冷たく光る星にふさわしい。棕梠（棕櫚）の木は、庭や道路際にあって、どんどん丈が高くなる木である。この木が詩の中にあるので、遠い空の世界のことだけでなくなる。橇には誰が乗っているか、子どもたちが考えるだろう。自分が乗ると考える子もいるだろう。第一連には宵の明星、十一番目、最終連には夜明けの明星がうたわれる。

室生犀星（一八八九〜一九六二）

星簇《せいぞく》

雲と雲との間に
ずつと遠く一つきりに光る星、
その星はきえたり
またあらはれたりする不思議な星、
ちぢんだり伸びたりする光、

雲と雲との間にそれがちらつく

毎晩こちらから覗《のぞ》いてゐると
あちらでも毎晩覗いてゐる
ながく覗いてゐると
ますます親切に鋭どくなる星、

電話のやうなものが星と星との間に
いくすぢも架《か》けられ
糸をひいて
下界のわたしの方まで
寂しい声をおとしてくる

犀星は筆名だが、同じ金沢生まれの漢詩人・新体詩人だった国府《こくぶ》犀東《さいとう》にあやかったもので、犀西ではなく犀星と称したのだという。別段星に思い入れがあってのことでもないようだ。

星が消えたり現れたり、光が縮んだり伸びたりするのは、大気の揺らぎゆえだろうが、詩人はそんなことは知っていながら、驚いていたい。毎晩星を覗いていると、あちらからも覗いているというのが、メルヘンの世界のようで、星の糸電話が聞こえる感じだ。どんな寂しい声だろう。これは『星より来れる者』という詩集に入っている詩だが、六年後刊行の『鶴』所収の「山上の星」という詩でも、星は「差し覗いてゐる。／何者かの表情を顕《あらは》してゐる。」そして詩人は「己は美の正体に紛《まぎ》れ込みたくなる。」と記している。星の糸電話はもう傍受しない。

堀口大學（一八九二〜一九八一）

獅子宮

十月の空澄めり。
明け方の獅子宮を見しか。
うす闇の天鵞絨《びらうど》幕のかげ
白き金星《ヴエニユス》
赤き火星《マルス》と
慇懃を通じたり。
遠く土星《サテユルヌ》
尚とほく木 星《ジユピテエル》
その上に弦月かかる。
十月の空澄めり。
明け方の獅子宮を見しか。

このころ詩人は外交官の父とともにブラジルにあった。したがってこの詩は南半球の空をうたったものである。獅子宮は、天空上の太陽、月、惑星の通り道「黄道」上にある十二宮の一つで、直ちに獅子座を意味するものではないそうだ。しかし近くに獅子座の星がある。北半球では獅子座は春の星だが、南半球では秋に見える。南の空の星々は南十字以外は日本人には馴染みがない。はちぶんぎ座だの、はえ座では詩にならないと思って惑星を登場させたのだろう。

ローマ神話では美の女神ウェヌス（ヴィーナス）は金星と、軍神マルスは火星と同一視された。「慇懃を通じたり。」というのは、情を通じた、ということだが、難しい言葉で俗なることを語るのは、詩人の韜晦であり、言葉の技だろう。「うす闇の天鵞絨幕」というのはひとところにかかる薄い雲か。「サテュルヌ」は土と農業の神、「ジュピテェル」は神々の王。惑星の神々は遠慮して、遠くを廻っているのである。『水の面《おもて》に書きて』所収。

田中冬二（一八九四〜一九八〇）

青い夜道

いつぱいの星だ
くらい夜みちは
星雲の中へでもはひりさうだ

とほい村は
青いあられ酒を　あびてゐる

ぼむ　ぼうむ　ぼむ

町で修繕《なほ》した時計を
風呂敷包に背負つた少年がゆく

ぼむ　ぼむ　ぼうむ　ぼむ……

少年は生きものを　背負つてるやうにさびしい

ぼむ　ぼむ　ぼむ　ぼうむ……

ねむくなつた星が
水気を孕んで下りてくる
あんまり星が　たくさんなので
白い穀倉《こくぐら》のある村への路を迷ひさうだ

少年時代の経験か、あるいは耳にしたことがもとになっているとすれば、この詩の背景は福島市か秋田市である。「とほい村は／青いあられ酒を　あびてゐる」というのは、村の白い穀倉があられ酒の中に浮いている麹《こうじ》のように見える、ということか。それが星空と一続きになる。振り子時計がねむたげに鳴る。星もねむくなっているが、少年も疲れてねむいのである。星空の中を歩いてゆくような気がする。私の好きな詩である。『青い夜道』の表題作。

同詩集には「親不知」という題の三行詩もある。

「暗い北国の海／オリオン星座は／烏賊《いか》を釣つてゐる」

オリオン座は冬の星座で、夜空を見上げると、一列に並んだ三つの星が目に入ってきやすい。オリオンはギリシア神話の狩人だが、日本の空ではきっと烏賊を釣ることになるのだろう。

壺井繁治（一八九八〜一九七五）

星と枯草

星と枯草が話してゐた
静かな夜更け
私のまはりにだけ風が吹いてゐた

何かさびしく
彼等の話に加はらうとしたら
星が天上から落ちて来た
枯草の中をさがしてみたけれども
星は遂に見つからなかつた

朝
目をさますと
重たい石が一つ
こころの中に落ちてゐた
それから毎日
私は独言をいつてゐる
石はいつ星となるだらう
石はいつ星となるだらう

一九三九年の作。第二次世界大戦が勃発し、社会不安が高まっていた。詩人はこの国の不穏な情勢をひしひしと身に感じていた。枯草ばかりが目に入った。星に導きや憧れを求めることは叶わなかった。星は高みにあって輝くのではなく、落ちてくるのである。

それは重たい沈黙の石となって心の中に居座った。理不尽な時代への抵抗を示すものとして切ないものがある。ことばはやっと発せられ、絶望の中から、ぎりぎりのところをうたった。『壺井繁治詩集』所収。

金子みすゞ（一九〇三〜三〇）

星とたんぽぽ

青いお空の底ふかく、
海の小石のそのやうに、
夜がくるまで沈んでる、
昼のお星は眼にみえぬ。
　見えぬけれどもあるんだよ、
　見えぬものでもあるんだよ。

散つてすがれたたんぽぽの、
瓦のすきに、だァまつて、
春のくるまでかくれてる、

つよいその根は眼にみえぬ。
　見えぬけれどもあるんだよ、
　見えぬものでもあるんだよ。

金子みすゞは童謡詩人。やさしいひびきをもつその詩は、子どもを喜ばせるというよりは、子どもにも大人にも現象のもう一つ奥へ誘うことをする。

「見えぬけれどもあるんだよ、／見えぬものでもあるんだよ。」

この二行をずいぶん私たちは口にした。じっさい星は夜見るものであるが、昼も星はめぐっている。月は昼でも見えることがあるので、そんなに不思議ではないのだが、星は不思議だ。言われてみれば、そのとおり。

みすゞは早世したが、そのことばがこんなに愛されているのは、星々もまたこの詩人を愛しているので、その感化が私たちに及ぶからだと思えてならない。

山之口貘（一九〇三〜六三）

僕の詩

僕の詩をみて

女が言つた
ずゐぶん地球がお好きとみえる
なるほど
僕の詩　ながめてゐると
五つも六つも地球がころんでくる

さうして女に
僕は言つた

世間はひとつの地球で間に合つても
ひとつばかりの地球では
僕の世界が広すぎる。

山之口貘は沖縄生まれの詩人。南国育ちの向日性と底辺からの逞しい視線が、ひとひねりした味のある詩を生んだ。地球も星であることには変わりない。確かに彼は「地球」という言葉が好きなようだ。たとえば「数学」という詩にも、「地球を前にしてゐるこの僕なんだが」とか「僕が人類を食ふ間／ほんの地球のあるその一寸の間」とか出てくる。いじいじしない、不似合いなほど気宇壮大な気持ちというか身体感覚から地球がころがってくるのだ。詩人は多分いまも地球のちょっと上あたりのところを、こけつまろびつしているのではないだろうか。『思弁の苑《その》』所収。

吉野弘（一九二六〜二〇一四）

星

あまりに明るく
すべてが見えすぎる昼。
かえって
みずからを無《な》みするものが
空にはある。

有能であるよりほかに
ありようのない
サラリーマンの一人は
職場で

心を
無用な心を
昼の星のようにかくして
一日を耐える。

「みずからを無みするもの」が明るすぎる昼の空にはあるというのだが、昼の空は昼の空であることをいやがっているというのだろうか。

さて職場は同様に見えすぎる、見られすぎる昼の空のようなところである。会社員は、心を昼の星にして、他者の目からおのれを隠し、一日の勤めに耐えている。吉野弘は会社員には向かない人だった。しかし向いている人なんているのだろうか。『幻・方法』所収。

『吉野弘詩集』には同じ題材を合唱曲用に整えた詩「真昼の星」がある。それらは「ひかえめな素朴な星」であり、「はにかみがちな　綺麗な心」をもち、「かがやきを包もうとする」。見えないものに対してこれだけ詩人は感情移入することができるのだ。ご自分も昼の星のようでありたいと思っていたかもしれない。

茨木のり子（一九二六〜二〇〇六）

対話

ネーブルの樹の下にたたずんでいると
白い花々が烈しく匂い
獅子座の首星が大きくまたたいた
つめたい若者のように呼応して
地と天のふしぎな意志の交歓を見た！
たばしる戦慄の美しさ！

のけ者にされた少女は防空頭巾を
かぶっていた　隣村のサイレンが
まだ鳴っていた

あれほど深い妬みはそののちも訪れない
対話の習性はあの夜幕を切った。

戦時下の灯を消された真っ暗な夜、星々は頭上近くに鋭く光り、花々の香りも刺すように強かったことだろう。地と天は人などに目もくれずに「ふしぎな意志の交歓」をなすもののように、少女には思われた。この光景が茨木のり子にとっての詩的原点となったようだ。心をひらいて、他者に呼びかけた詩人だった。『対話』所収。

堀口大學の詩にも獅子座が登場したが、この詩も獅子座である。星座の形よりも、厳めしいその名から選ばれたような気がするが。

大岡信（一九三一〜二〇一七）

星ものがたり　a

星は無限にゆるやかに
崩壊してゐる生きものだ

おれの好きなあの星は
自分が夜空に書いたものを
一度も読んだりすることはない

なんといふ素敵なやつだらう

星にも一生というものがあるようだ。天文学では星が生まれ育って、死んでいくのを「進化」というそうだ。星は内部の水素やヘリウムなどの原子核による核融合反応によってエネルギーを放射する。重量の大きな星の場合、核燃料を使い果たすと「重力崩壊」によりつぶれ、大爆発を起こして死ぬ。その時間は何千万、何億年という単位で、「無限にゆるやか」である。

この詩の星は擬人化とは言えない。人を超えているので、むしろ神話化と言ったほうがいいだろうか。

星は夜空に何かを、ことばを書きつける。それを読むのは人である。しかし星はことばにも運命にもとらわれない。それが詩人にとっては憧れなのである。多くの書物を著し、ことばなしでは生きられなかった人の、深奥の声である。『故郷の水へのメッセージ』所収。

地上の星

夜空の星は☆のように五つの光を描く場合もあるが、〇で表すことも多い。それらの形は星の意匠として分かりやすく、尊ばれてきた。日本の紋章には月星紋や星紋があるが、ほとんど〇や●を用いて、その数で三つ星や九曜の星を表し、いま見ても斬新なデザインである。また星という言葉を含む熟語はすぐにそれと通じ、一方で権威を象徴する位や役職の名を飾るものになったりした。反語的に使われることもある。

広く地上を見渡し、落ちてきた星を拾うことにした。

☆のかたち

五つの光というか角をもつ星マークを「五光星」「五稜星」「五角星」といい、五本の線を用い、中心に五角形が描きだされる図形を「五芒星」という。「六芒星」は正三角形と逆三角形を重ね合わせた図形のこと。

星印　＊（アステリスク）のこと。注や参照の意味などで使う記号活字の一つ。
星章《せいしょう》　もと陸軍で、五光星が帽章や襟章などに使われた。
海星《ひとで》　棘皮動物《きょくひ》。偏平な体から五つの腕が星の光のように出ている。人手とも書く。
星見草《ほしみぐさ》　菊の異名。おもに花のかたちからだろう。たんぽぽやマーガレットなど他にも同じようなかたちの花はあるが、菊は天皇家のご紋章でもあり、気品もそなわっている。

○●のかたち

星取表《ほしとりひょう》　相撲の勝敗は○と●で表される。白星は勝ち、黒星は負けである。「白星（黒星）スタート」などと一般的に使う。「星を残す」というのは、よい成績を残すということ、「星をつぶす」は○を黒く塗りつぶすことで、負けるということ、「星をひろう」は、運よく勝負に勝つ、「星を稼ぐ」は成績を上げる、「勝ち星を挙げる」は勝負に勝つ。「相星《あいぼし》」は勝敗の数が同数のこと、相星決戦などといわれ、優勝決定戦が行われる。「金星《きんぼし》」は平幕の力士が横綱を破ったときにいわれる。
星目《せいもく》　井目、聖目とも。碁盤の上に記された九つの黒点のこと。棋士の技量に明瞭な差がある場合、対局前に黒点のところに二子から九子までの置碁をする。
星点《せいてん》　漢文を訓読する場合、漢字の四隅などに小さな丸い点を付して、読み方を定めたもの。ヲコト点。
星糸《ほしいと》　飾り糸。一定の間隔で他の糸を玉状によりあわせた糸。

光り輝くもの

スター　花形。華やかで輝くばかりの人を星にたとえる。映画スター、スタープレイヤーなどという。

期待の星　将来スターになれそうな人。「希望の星」は或る集団の期待をになっている人。世の中には「負け組の星」なるものもある。人ではなくて、馬だが。高知競馬の牝馬ハルウララはこう呼ばれて、二〇〇三年ブームになった。一一三連敗で〇六年引退。馬券は「当たらない」と交通事故除けのお守りに。

成星《なりぼし》　出来星とも。俄分限《にわかぶげん》、成金《なりきん》のこと。にわかに金持ちになったり、立身出世したりした人。

彼方にあるもの

目星《めぼし》　「目星をつける」「星がつく」などと使う。見当、目当て。よく見て、ここ、とおぼえておくこと。

図星《ずぼし》　「図星を指される」などと使う。本来は的の中心の黒点のこと。人の思惑の肝腎要のところ。「真星《まぼし》」とも。

星《ほし》　警察の隠語で、犯人または犯罪容疑者。推理小説では「犯人」に「ほし」とルビをふることもある。彼方にあって、黒く輝いている星。「星を挙げる」は犯人を検挙する。「星が割れる」は犯人が分かる。「星ぶち」は、犯人の嫌疑がかけられている人。白（潔白な人）と黒（犯罪者）の、ぶちになっている。

威厳、権威のあるもの

星の位　大臣、公家など昇殿を許される地位。禁中を雲の上に譬え、彼らを「雲上人《うんじょうびと》」や「月卿《げっけい》雲客《うんかく》」、「星の宿り」ともいった。

紫微星《しびせい》　古代中国の天文学で、天帝の居所とされた北斗七星の北の星座を「紫微垣《しびえん》」と称する。転じて天位・天子を指す。「紫の星」とも。

星兜《ほしかぶと》　中世から源平の争いを経て、鎌倉中期ころまで、みごとな兜が造られた。鉄片を接ぎ合わせて鉢の形にするときに、座星《ざぼし》という大型の鋲を用いた。鉢を天空に見立て、光る鋲頭を星と呼んだ。鉢の星が銀の兜は「星白《ほしじろ》の兜」という。

斑点

星目《ほしめ》　目星《めぼし》とも。眼病の一つ。角膜（黒目）に灰白色の濁りが現れるもの。アレルギー反応が原因と考えられる。少女漫画では大きな目の中に星を光らせるが、それとは違う。

物着星《ものきぼし》　女性の爪にできた白い点。衣服がもらえる、いいしるしといって喜ぶ。少女時代、筆者の爪に現れた星を見て、母は「いいことがある」と言った。

星葦毛《ほしあしげ》　馬の毛色の一つ。葦毛は白い毛に、黒や褐色の差し毛のあるものだが、その他に灰色の丸い斑点のあるもの。

星鹿毛《ほしかげ》　馬の毛色の一つで、茶褐色に白い斑点のあるもの。

星月《ほしづき》　星月毛、星額《ほしびたい》とも。馬の毛色の一つで、額の上に白い斑点のあるもの。

流星《りゅうせい》　馬の額から鼻筋へと白い毛が流れているもの。筆者の競馬ファンの友人は「四白《しはく》流星」という言葉と実物を教えてくれた。「四白」とは、四本の脚の下部がソックスを履いたように白いもの。

星斑《ほしまだら》　牛などの毛に白い斑点のあるもの。

星白《ほしじろ》　鹿などの毛に白い斑点のあるもの。

追星《おいぼし》　金魚、タナゴなどの繁殖期に、雄の頭部などに現れる小さな斑点状の隆起物。

星葉蘭《ほしはらん》　葉蘭は庭などに植えられる長楕円形の葉をもつ観葉植物。葉全体に白い斑点が入ったもの。

その他

星期《せいき》　中国で一週間のこと。星期一は月曜日、星期二は火曜日。日曜日は星期天。

八ヶ岳山麓から——あとがきに代えて

本から得た知識と記憶の星空だけで一冊書くのも、なにか肝腎なところが抜け落ちているような気がして、どこかの高地へ星を見に行こうと思い立った。猫と星が好きな詩友・尾崎昭代さんが山梨県に移住したので、どこか星を見られそうなよい場所を教えて、と電話をした。しばらくして「少し前だったら、南信州の阿智村のゴンドラに乗って『日本一の星空　ナイトツアー』に申し込めたけど、もうじきスキーシーズンだから、それは終わっているみたい。それで友人に聞いたところ、八ヶ岳山麓のペンションがよさそう」と連絡があった。星を一人で見に行くのはさみしいな、と思っていたところ、「私も行きます」と言って、予約してくれた。

十一月二十日、甲府で落ち合う。星空の観賞には新月前後の暗い夜がよい。幸いその日は旧暦の十月三日で、月が出るとしたら、三日月である。小海線の車窓から、真っ白になった八ヶ岳の最高峰・赤岳《あかだけ》（二八九九・二メートル）が見える。朝から曇っていたので危ぶまれたが、風が雲を空の半分ほど吹き流し、その夜は満天ならぬ半天の星を眺めることができた。月は見えなかった。

そのペンションは星見の宿として知られ、流星群出現の夜ともなると、撮影者で貸し切りになるそうだ。ベランダは夜通し出入り自由とのこと。夕食の後、尾崎さんと私はもこもこに着込んで、夜空を見上げる。星との距離はいつもより千メートルくらい近くなっているはずだが、その程度のことで、ちがう国というか惑星に来たように、星の光が強く刺してくる。

ペンションの主人が、右側の枯れ木の枝に、「すばる」がかかっていると教えてくださった。私は近視と乱視、老眼で星がにじんで見えるが、いちばんにじんでいる星が「すばる」だった。清少納言がごひいきだった星。人も、人が語り伝えてきた温度をもつことばも、やがて冷えて夜空と一体化するのだろう。こんな美しい夜空と一体化できるのなら、大切な人びとの死も、自分の死も、いのちの幸いでなくて、何であろう、という思いが私に降ってきた。私はまだこの世に用事があって、もう少しとどまりたいと思っているのだが、星はすべての生きものの死を荘厳《しょうごん》すべく輝いている——。

ご主人に、「すばる」の近くにあるはずの「オリオン座」が見当たらない、雲のどのへんにあるのでしょうか、とたずねると、まだペンションの建物の裏側にあるとのことだった。夜中にもう一度見た。尾崎さんはそのとき流れ星を見たという。建物の中に入ると、奥さんが熱いお茶を淹れてくださった。私はこれでいいと思い、睡眠導入剤を飲んで寝てしまったが、尾崎さんは三時ころ起きて、「北斗七星」を見た、と言っていた。彼女のほうが熱心だった。

翌朝は辺りに薄く雪がつもっていた。初雪だったそうだ。

満天の星に出会えなかった一抹の憾《うら》みがあり、山梨科学館にプラネタリウムがあるというので、そこを見学しようとしたが、山梨県民の日の昨日、月曜日だったが開館したので、本日は代休です、ということだった。ではワイナリーに行って、甲州ワインのヌーヴォーを味わいながら、そこのレストランでお昼でもいただきましょう、となったが、こちらも団体貸し切りだった。地上には間が悪いことが間々あるものだ。

＊

本書は『水のなまえ』の姉妹篇として、元白水社編集部の和氣元氏の慫慂《しょうよう》にしたがい、二〇一四年秋に取りかかったものである。ところが翌一五年五月、連れ合いの作家・車谷長吉が急逝し、残された妻の務めとして遺稿集『蟲息山房から』（新書館）を編集し、回想録『夫・車谷長吉』（文藝春秋）を上梓するのに二年ほどかかった。彼は亡くなっても私の側にいてくれると信じているので、星になったとは思えないが、先に書いたように、美しい星空を眺めれば、それと一体化したとも感じられる。どれかの星が私を見まもってくれているという感傷はない。

古代から現代に至る人びとの星を見るまなざしの美しさ、険しさに、私は心をおののかせた。当初夢見がちな気持ちで星に関する資料を読んでいたのだが、伴侶の死により、浮ついた気持ちは吹っ飛び、寒々とした色に染められてしまったところもあるかもしれない。それはそのまま差し出すほかはない。

友人・知人の助言は有り難かった。

『枕草子』で教えを乞うた元朝日新聞記者の白石明彦氏は、ご自分の名が付いた小惑星「(20096) Shiraishiakihiko」を毎晩見守っている。昨秋米国の小惑星センターから贈られたそうだ。小惑星

（2009b）Shiraishiakihiko と白石明彦氏の前途つつがなきことを祈ります。もちろん連れ合いに報告した。

こうして一度筆をおいた原稿を再び机上に戻すことが出来たのは、和氣元氏のお励ましゆえである。感謝申し上げます。

最後になりましたが、本書に作品を掲げさせていただいた文学者の方々、また天文学の啓蒙書の著者の方々に心より御礼申し上げます。

高橋順子

二〇一八年七月一日

参考文献

Ⅰ

内田武志『星の方言と民俗』（民俗民芸双書80　岩崎美術社　一九七三年）

渡辺美和・長沢工『流れ星の文化誌』（成山堂書店　気象ブックス　二〇〇〇年）

野尻抱影『日本星名辞典』（東京堂出版　一九七三年）

Ⅱ

谷川健一『古代海人の世界』（小学館　一九九五年）

溝口睦子『アマテラスの誕生』（岩波新書　二〇〇九年）

鎌田忠治『九十九里東部の民俗伝承』（千秋社　一九八四年）

日本民話の会・外国民話研究会編訳『世界の太陽と月と星の民話』（新装改訂版　三弥井書店　二〇一三年）

『日本の民話②　自然の精霊』（角川文庫　一九八一年）

『日本昔話通観　第28巻　昔話タイプ・インデックス』（同朋社出版　一九八八年）

野尻抱影『日本星名辞典』

矢野通雄『星占いの文化交流史』（勁草書房　二〇〇四年）

出雲晶子『星の文化史事典』（白水社　二〇一二年）

Ⅳ

海部宣男「星はなぜ詠われなかったか」（『短歌研究』二〇一七年七～十月号）

ＪＡＳＲＡＣ出１８０８８６８１８０１
（編集＝耕書堂）

著者略歴

一九四四年千葉県海上郡飯岡町（現旭市）生まれ。

東京大学文学部フランス文学科卒。

詩人。一九九三年作家の車谷長吉と結婚。

一九九七年『時の雨』で読売文学賞。

二〇一四年『海へ』で藤村記念歴程賞、三好達治賞。

二〇一八年『夫・車谷長吉』（文藝春秋）で講談社エッセイ賞。

詩集のほかに『緑の石と猫』（文藝春秋）、『花の巡礼』（小学館）、『一茶の連句』（岩波書店）、『連句のたのしみ』（新潮社）、『恋の万葉・東歌』（書肆山田）、『水のなまえ』（白水社）など多数。

星のなまえ

二〇一八年九月一日 印刷
二〇一八年九月二〇日 発行

著者© 高《たか》橋《はし》順《じゅん》子《こ》
発行者 及川直志
印刷所 株式会社理想社
発行所 株式会社白水社
東京都千代田区神田小川町三の二四
電話 営業部〇三（三二九一）七八一一
編集部〇三（三二九一）七八二一
振替 〇〇一九〇―五―三三二二八
郵便番号一〇一―〇〇五二
www.hakusuisha.co.jp
乱丁・落丁本は、送料小社負担にてお取り替えいたします。

株式会社松岳社

ISBN 978-4-560-09652-9

Printed in Japan

水のなまえ

高橋順子　著

水にまつわる多様な表現を、古典から現代の諸作品まで幅広く紹介しながら、季節の移ろいや日々の暮らしに生きる人々の心情を「雨の名前」等で知られる詩人が細やかな筆致で繰り広げる。

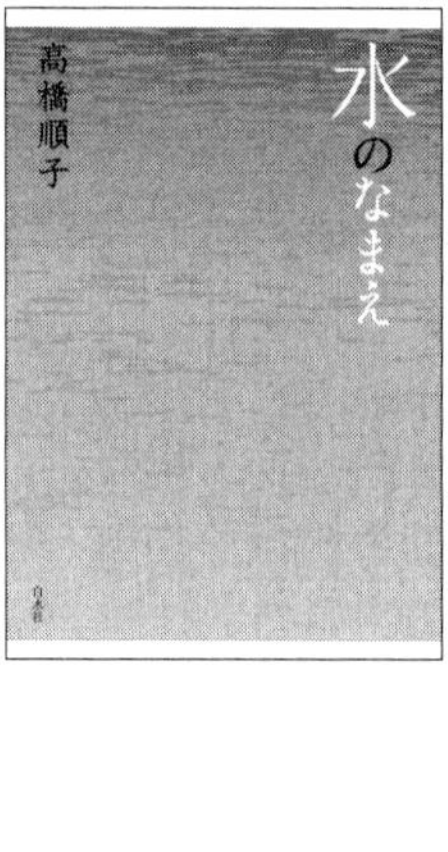